メディアワークス文庫

Missing12
神降ろしの物語〈上〉

甲田学人

目　次

アカイ社の絵本『ちいさな魔女ユメ』 いちい・ゆめこ

ユメはちいさな女の子。

ちいさなかわいい女の子。

くろいふくをきて、ほうきをもって、くろねこのグリをよびました。

「わたしは魔女よ」

「にゃあ」

でも魔法はつかえません。


ユメは、おそとにいっぱい、おともだちがいます。

いつもユメは、おともだちに会いに、おそとに遊びにいきます。

「いってきます、ママ」

「気をつけてね」

「おともだちがいるから、へいきよ」

でもおともだちは、ユメとグリにしか見えません。

あるいていると、小人さんにあいました。

ぼうしをかぶった小人さん。

しごとが大すきで、とてもがんこ。

なので、よくみんなとケンカになります。

でもどうして？　じぶんのあたまをカナヅチでたたいています。

ごつんごつんと、とてもいたそう。

「へんなの。じぶんのあたまをたたくなんて」

ユメはいいました。

小人は、はらをたてて、いいました。

「わしが、じぶんのあたまを、たたいているだって？」

「そうよ」

「ちがうちがう。よくみるんだ。このぼうしのやつが、いうことをきかないから、こうして罰をあたえているんだ」

かどのおはかに、幽霊がいます。

おおきなテーブルに、しろいテーブルクロスをしいて、きんのロウソクに火をつけて、おいしいスープをのんでいます。

でも幽霊なので、からだがありません。

だから、いくらスプーンですくってのんでも、スープはからだをすりぬけて、もとのお皿にこぼれます。

「へんなの。たべられないのに、たべてるなんて」

ユメはいいました。

「ぜったいにあげないよ」

幽霊はいいました。

「たべられないのに？」

「たべられなくても、このスープはぼくのものだ」

「おなかにもはいらないし、あじもわからないのに？　へんなの」

「だれにもあげないよ。ああ、おいしいなあ。このスープは、ぼくのものだ。ぼくのものは、なんておいしいんだろう」

うんどうじょうに、りっぱな天使がいます。

しろいふくをきて、しろい大きなはねをひろげて、かがやくつるぎを手にもって、ひかりのわをうかべています。

天使は、山よりも大きなお肉のそばにいます。

そして、まいにちまいにち、あさからばんまで、かがやくつるぎでお肉をきって、せっせとパックにつめています。

「へんなの。天使がお肉をきってるなんて」

ユメはいいました。

「これは、わたしがしとめた悪だ。むかし、とても大きな悪をみつけて、たたかって、しとめたんだ。それが天使のしごとだからね」

天使はおおきなお肉をゆびさしました。

「それはすごいね」

「でも、しとめたえものは、さばかないといけない。そうしないと、くさってしまって、そこから病気がひろがってしまう。大きな魚をさばくのは、じかんがかかるだろう？　大きな悪をさばくのも、とてもじかんがかかってしまうんだ。この悪は大きすぎて、なんねんたっても、さばくのがおわらない。ああ、こんなことなら、しとめるんじゃなかったよ」

きょうかいのやねの上に、うそつきのカラスがいます。

くろいピカピカのふくをきて、いつもじまんしています。

でも、うそつきなので、いつもうそをついていて、たくさんのひとに、針せんぼんのまされています。

だから、きょうのたべものも、おさらに山もりの、針せんぼん。

「へんなの。針がごはんだなんて」

ユメはいいました。

カラスは、とてもかなしそうにいいました。

「だれもたべものをくれないから、これしかたべるものがないんだ。ねえ、みんな、ひどいとおもわないかい？」

でもユメはしっています。

「カラスさんが、うそをつくからじゃない」

「それは、だれもたべものをくれないからだよ。それに、これだけたくさん針をたべているんだから、そのぶんだけ、たくさんうそをついてもいいよな」

こうじょうのガラクタおきばに、えらい博士がいます。

しろいはくいをきて、しろいりっぱなひげ。

博士は、ガラクタでロボットをつくっています。

博士が、ロボットをムチでたたくと、ロボットは博士をにらんで、おおきなガラクタをもちあげました。

「へんなの。ロボットを、ムチでたたくなんて」

ユメはいいました。

「すごいだろう。これは、ふまんの力でうごくロボットだよ。とてもちからがつよいんだ。それに、とてもあたまがいい。でも、ふまんの力でうごくロボットは、ときどきめいれいをきかなくなるから、ちゅういをしなければいけないがね」

博士はりっぱなひげをつまんで、じまんそうにいいました。

あれ？　でも、ちょっとへんです。

「このロボット、口がついてないよ」

「ああ、口をつけたら、ふまんは口から出ていってしまうからな。そうしたら、ふまんでうごくロボットは、ちからをうしなって、うごかなくなってしまうのだ」

こうえんにきました。

ここには、なにもありません。

なにもありません、があります。

ユメはかえります。


…………


うらのあき地には、神さまがいます。

長いおひげの、おおきな神さま。

雲までとどく、せのたかさ。

せまいあき地に、きゅうくつそうに立っています。

「へんなの。神さまがあき地にいるなんて」

ユメはいいました。

「神さまは、だれのものでもないんだよ。だからほんとうの神さまは、だれのものでもない、あき地にいるんだ」

神さまはいいました。

「でも、いつかこのあき地にも、おうちができるよ」

「そうだね。だから、だんだん神さまのいるばしょは、なくなっているんだ。ちきゅうには、にんげんのものが多すぎるからね」

……………

古来より、神を人間の世界に呼び寄せようという試みは、主に多神教の文化圏において無数に行われてきた。世俗の祭儀として行われるこれらの『神降ろし』は、神と呼称される何らかの存在を、人形に代表される大小の作り物の似姿、象徴的な細工物、柱、建物、樹木、食物などの『物品』、あるいは祭司者、巫女などの『人間』に憑依させる事で行われ、これら神の存在がシニカルに見つめられるようになった現代においても、祭りの催しの一環として重要な位置を占めて残存している。

神を人界に降臨させる道具としての『物品』や『人間』は、主にその役割として二種類が考えられる。一つは形の無い神の〝依り代〟、すなわち〝容れ物〟としての役割。もう一つは神界と人界を繋ぐ〝触媒〟、あるいは〝通り道〟とでも呼べる役割である。

――大迫栄一郎『異端神学講義』

ある日、部活で学校からの帰りが遅くなった事がありました。学校から私の家までの帰り道には墓地の横を通る場所があって、私はいつも「気味が悪いなあ」と思いながらそこを通っていました。

私はすっかり暗くなった墓地の横を早く通り過ぎようと思って早足に歩いたんですが、丁度墓地の入り口辺りまで来た時、突然私の携帯が大きな音で鳴り出しました。私はびっくりして携帯を見たんですが、かかって来たのは知らない番号からでした。

私は電話に出たんですが、私が「もしもし」と言っても相手は何も言いませんでした。何か電話の向こうの遠くから、うめき声みたいなものが聞こえていました。電話は私が墓地を通り過ぎたところで、切れてしまいました。すぐにかけ直したんですが、なぜか「この電話番号は現在使われておりません」というアナウンスが流れただけでした。

その電話番号がどこからかかってきたものなのか、今でもわかりません。

——大迫栄一郎『続・現代都市伝説考』

序章　魔女の物語

――物心ついた時、私は既に〝魔女〟だった。


私には魔法の杖も無いし、空飛ぶ箒も無ければ、使い魔の黒猫も連れていない。

なんにも、ない。

それでも私は、確かに〝魔女〟だった。


絵本を見た時に、気が付いた。

黒猫を連れて箒を持った、小さな魔女の、小さな冒険を描いた絵本。

近所の空き地に、壁に開いた穴に、開いた絵本に、隠れている冒険。

大人達が「不思議なお話だね」と言うこの絵本が、どうして不思議なのか、私には少しも解らなかった。

絵本の、魔女の格好をした小さな女の子は、それらを当たり前の事だと思っていた。

私も〝それら〟を、当たり前の事だと思っていた。

そこらじゅうに居る、妖精さん、幽霊さん、神様、悪魔。

それ以外に形容する言葉の無い、でもどう呼んでも正しく無い、そこに居るものたち。

大人達、いや、子供達にも見えていないらしいと、気付くまでに随分時間が掛かった。

私はそれらが居る事を全然不思議に思わなかったので、誰にもそれらの事を訊ねたりはしなかったからだ。

私だけが見ている、そこに居るものたち。

それに気が付いた時、私は気が付いた。

ああ、そうか、と。

私はあの絵本の女の子と同じ――〝魔女〟なのだ、と。

私は、何故かよく人から気味悪がられた。

でも、私はそんな事は気にならなかった。

こんなに、こんなに、沢山の人が居るのに、その中のほんの少しの人に気味悪がられても平気だ。

私を気味悪がる人は、みんな『人間』の人ばかりだったけれど。

私は散歩をして、いろいろな人に話しかける。

みんないい人ばかりで、挨拶していて嬉しくなる。

真っ赤なポストの上には、妖精さんが座っている。

「おはよう、〝魔女〟さん」

妖精さんはポストの上で、色々な人が手紙を入れるのを見ている。

でも気に入った手紙を持って行ってしまうので、時々手紙が届かない事がある。

「手紙、あんまり取っちゃ駄目だよ？」

「外国のお仲間はもっと取ってるらしいわよ？」

「そうなの？」

「そうよ。でもわたしたちは目が肥えてるから、ほんとに気に入ったのを、少しだけもらっているだけなんだから」


近所の木下さんの家の、生垣の薔薇は〝監視者〟だ。

大きく咲いた花の真ん中の、大きな目玉がその証拠だ。

監視者はずっと何かを監視して、土の中の誰かに何かを報告している。

何を監視していて、誰に報告しているのかは、どうやら規則らしくて、聞いても教えてくれない。

「おはよう、〝監視者〟さん」

「やあ、おはよう、〝魔女〟さん」

「ねえ〝監視者〟さん、ずっと目を開けて、目が痛くならない？」

「俺達はちゃんとまばたきしてるじゃないか。一年がかりでさ。俺達から見れば、あんた達のまばたきは忙しすぎて、よく疲れないもんだと感心するよ」

　監視者は朝露の涙を浮かべてげらげらと笑った。

　私の質問も、土の中の誰かに報告されているのかも知れない。

　丘の墓地には、小人さんが住んでいる。

　髭（ひげ）を生やした、妖精さん達。

　墓石の下に住んでいて、とても器用。

　人が捨てた色々なものを細工して、自分達で使っている。

「おはよう、小人さん達」

「おはよう、可愛（かわい）い〝魔女〟さん」

　小人さんは誇らしげに見せる。人間の前歯の、鋭い石斧（いしおの）。

「ねえ。それ、使いやすい？」

「おお、とても使いやすいとも。軽くて硬くて、とても鋭い。こんないい物を捨てるなんて、人間はなんてもったいないんだ」

「人間はみんな、たくさん口の中に持ってるよ」

「そうなのか。それなら人間が寝てる間に、みんなで行って貰って来よう。あんなに捨てているんだから、わしらがちょっと貰っても構わないな？」

「それはいい考えだねえ、小人さん」


散歩を終えて、おうちに帰る。

木下さんの奥さんが、庭に出ている。

「おはようございます、木下さんの奥さん」

奥さんは何も言わずに、家の中に引っ込んでしまった。


私がおうちに帰ると、お父さんとお母さんが食卓に着いている。

二人とも、黙ってご飯を食べている。

「おはよう、お父さん、お母さん」

二人とも、私を見ない。

「おはよう、クマさん」

私はソファに座った熊のぬいぐるみに、挨拶する。

「おはよう、おじいちゃん」

このおうちが古かった頃、この場所で死んだ、寝たきりのおじいちゃんに挨拶する。

「おはよう、おばあちゃん」

キッチンの窓から見える木で、首を吊って死んだおばあちゃんに挨拶する。

「おはよう、隙間の人」

棚と冷蔵庫の隙間から、じっと家の中を見ている目玉に挨拶する。

「おはよう、引き出し虫さん」

キッチンの引き出しを開けて、中にびっしりと入っている、人の顔の模様をした虫さんに挨拶する。

「おはよう、天井の……」

「やめてよっ！」

お母さんがものすごく大きな声を出して、テーブルを叩いて立ち上がる。

すごく怒っていて、泣きそうな顔をしている。

「どうしたの？　お母さん」

「何よ！　何がいるってのよ！　そこに！」

お母さんは物凄い顔と声で叫んで、私の開けた引き出しを指差す。

「だから、引き出し虫さんだよ。いつもお母さん、虫さん達の中に手を入れて中からスプーンとか……」

「黙りなさいよ！」

お母さんはテーブルの醬油（しょうゆ）さしを投げ付けて来た。

醬油さしは私には当たらずに、私の前に立っていた薄っぺらい人に当たって落ちた。

「……大丈夫？　ぺらぺらさん」

「いやっ！　もう嫌よ！　こんなの！」

お母さんはテーブルに倒れ込んで、大声で泣き出した。

お父さんは疲れた顔で、私を見ないでぼそぼそと言った。

「……その何にも無い所に挨拶するの、お母さんが嫌がるから止めてくれないか？」

「え？　でも……」

「いいから！」

「……」

怒られたので、私は黙る。

でもそこに居るのに、挨拶しないなんてやっぱり変だ。

「……行って来る」

お父さんは立ち上がって、泣いているお母さんを置いて会社へと出て行った。

キッチンにはお母さんの泣いている大きな声が響いていた。

私は部屋の中に居る人達に、挨拶の続きをする。

「おはよう、ぺらぺらさん。さっきはごめんね」

ぺらぺらさんはぺらぺらと手を振る。私を庇ってくれた。この人達は、とてもやさしい人達ばかりだ。

でも――私は知っている。

この人達は、本当はとても怖いのだ。

私のおうちに、たくさん集まって来ている。

そして私は知っている。きっといつか、この人達はお父さんとお母さんを、寄ってたかって食べてしまうのだ。

だから、私はみんなに挨拶する。

少しでも長く、お父さんとお母さんが食べられないように。

それでも、私は知っている。

いつか、絶対、お父さんとお母さんは食べられてしまうだろう。

「おはよう、壁の影法師さん」

お母さんの泣き声が、大きくなる。

………………

＊

――――十叶詠子は、静かに目を開ける。

「……如何なされた？ 我等が〝魔女〟よ」

作り物のような印象の夜が広がる学校の『花壇』に立ち、ふと沈黙した詠子。そんな詠子が目を開けると、待っていた赤城屋一郎が、大仰な動作で胸に手を当てて、そう芝居がかった言葉を掛けた。

「昔をね、ちょっと思い出してたの」

「それは失礼を」

ひょろ長い手足に眼鏡を掛けた、案山子のような風貌の赤城屋は、わざとらしいほどの慇懃さでもって、答えた詠子へ一礼する。

「大切な〝逆向き瞑想〟を、お邪魔してしまいまして」

赤城屋は言う。すると今まで微動だにせず立っていた大勢の〝使徒〟達が、赤城屋に続いて一斉に、『花壇』の周りで礼を捧げる。

そんな彼らの礼を受け流し、詠子はさらりと一言だけ答えた。

「そんなのじゃ無いよ」

微笑みつつも興味が無い、あるいは存在しないかのように、彼らへは目を向ける事もせず、視線は遠くの闇にやる。

つい先程、三人が消えて行った闇へ。

あの〝魔王〟とあだ名される少年と、その友人達が、一人のかつて小さな女の子だったモノを連れて、逃げ去って行った闇の、向こうへ。

「嬉しいな。みんな、強くなって行く」

そして呟いた。

「……は？」

「そうでないと、困るものね。その時が来た時に、少しでも、一人でも、耐えられる人が多くないと」

不審そうな赤城屋を無視して、詠子は言う。

「貴方達みたいなのがいくら増えても、仕方ないし、詰まらないものねえ」

邪気の無い笑みを浮かべて、詠子はようやく赤城屋を見る。

「はい？」

「いいから、次の『物語』を用意しないと」

詠子は命じた。

困惑のまま畏まる赤城屋。

「は……」

「そろそろ、始めないとね」

詠子は、空を見上げる。

幾重にも渦巻く雲が流れて、刹那ぬらりと、狭間から月が覗いた。

一章　天より声、降る

1

「そういえば、トモ、知ってる？　携帯の噂」

「何それ、ユリちゃん」

「あ、知らないんだ？　私ねー、聞いちゃったんだ。携帯のね、怖い話」

「怖い話？」

「あのね、携帯って電波でしょ？　だからね、ときどき悪い電波も拾っちゃうんだって。例えば死んだ人の声とか」

「えぇ」

「あとね、実はたまに宇宙からヤバい電波が降って来たりもしてるらしくて、そういうのも受信しちゃうんだって」

「えぇー……それはいくらなんでも……」

「ホントホント、ホントだって。特に山とか、ヤバいらしいよ。ほら、高い場所はそれだけ宇宙に近いし、空気がキレイだから、電波も届きやすいんだって。

こんな話があるの知ってる？　ある人が登山の途中に吹雪にあって、吹雪のせいで電波も通じなくって、夜になっちゃったんだって。でも何とか山小屋を見付けてそこに避難したんだけど、なぜか夜中に、通じなかった筈の携帯が鳴ったんだって」

「……それで？」

「その人は『やった、電波が通じたんだ！』って思って、喜んで出たんだって。知らない番号だったけど、きっと救助隊だろうって。でも、向こうの人はずっと黙ったまんまで、何も言わないんだって。こっちからいくら話し掛けても黙ったまんまで。でもよく聞くと、ずっと小さくちょろちょろと水みたいな音が聞こえてるんだって」

「……」

「で、怖くなって、その人は電話を切っちゃったの。でもいくら切っても、何度も何度も電話が鳴るの。おんなじ番号から。その人は恐ろしくなって電源を切っちゃった。で、そのまま吹雪が収まるのを待ったの」

「……うん」

「で、夜が明けたら、吹雪が収まってた。よかったー、って思って、その人は山を降りる事にしたの。でもそうやって降りてると、谷の所に人が倒れてるのを見付けた。大変だ、って慌てて行ってみたら、それは完全にミイラになった、何年も前に行方不明になってた別の登山者の死体だったんだって」

「うわ……」

「そう、その人も『うわっ』て驚いたの。でも山を降りたら報告しなきゃいけないから、何か身元の手掛かりになる物が無いかと思って、調べてみたの。そしたらその死体は、よく見たら手に携帯を持ってたの。しかも電源が入ってる。画面が点いてて、電話の呼び出しの音も聞こえる。それによく見たら表示されてる番号に見覚えがある」

「まさか……」

「そう、それは自分の、自分の携帯の番号だったんだって。死体の持ってた携帯が、ずっと自分の携帯の番号を呼び出してたんだって。その人はびっくりして——その時、気が付いたの。いま自分が居る場所は、谷の小川の傍で、死体があったその場所には、吹雪の中で着信した電話から聞こえてたのと同じように、ちょろちょろと水の音が聞こえてたんだって……」

「う、うわあ……」

「どう？　怖いでしょ？」

「あー、もう、聞かなきゃよかった」

「ふっふっふ、まだまだ。もう一つねー、ヤバい話があるのよ。あのね、この学校って、山にあるでしょ？」

「あ。まさか」

「そのまさかよ」

「ちょっと、やめて」

「この学校ってさ――――〝受信〟、し易いんだって」


…………………

2

「……やっぱりさ、私はこの状況は異常だと思うよ」

木戸野亜紀は、煉瓦タイルの貼られた校舎の外壁に寄り掛かって下を向き、髪に手櫛を通しながら、物憂げにそう言った。

「異常なのは確かだな」

隣に立つ空目恭一が、あの抑揚に乏しい無感動な声で応じる。そして黒いコートのポケットに両手を入れたまま、言葉を加えて亜紀に訊ねた。

「だが、一体どの異常の事を言っている？」

「こういう〝怪談〟が、黙ってても私の耳に入るような状況の事だよ」

答える亜紀。

空目は眉を寄せる。

「……分からんな。どういう事だ？」

「私は友達いないし、その手の話は嫌いだって公言してる、ってのが前提。それなのにそういう話が私の耳に入って来るって事は、ちょっと異常なくらい広がってると思うわけよ。この学校の〝怪談〟は」

理解した、と頷く空目。

「なるほどな」

「やっぱり異常だよ。今までにも増してさ」

亜紀と空目はそんな会話を交わす。

だがそうしながらも二人とも互いには目を向けず、伏せ気味にした目を同じ前方へと向けている。その視線の先で、『花壇』の土に、スコップの刃が音を立てて突き刺さる。そこには鋭いスコップの刃を翻して花壇の黒土を掘り起こす、ブレザーを着た、村神俊也の大柄な体軀がある。

「…………」


あの〝魔女の使徒〟が宣言した『夜会』が明けて、三日が経っていた。

あの日、本来あり得ない時間に鳴った一つのチャイムから始まった事件は、亜紀が学校へと辿り着いた時には既に全てが終わっていて、後には校門前の闇に立っている皆の姿があるだけになっていた。

ひとまず〝魔女〟を出し抜く事ができたという形になった『夜会』ではあったが、しかしそれが〝魔女〟にどれほどの打撃を与えたのか、手応えも無いまま日が過ぎて行った。そして引き続き学校に広がっている〝怪談〟を調べている亜紀達には、刻々と変化して密度を増やして行く、〝怪談〟と〝おまじない〟の状況ばかりが伝わって来ていた。

まずは、ここ二、三日で、どういう訳か急速に広がり始めた〝携帯の噂〟。

いまや周知の〝おまじない〟となり、なおも広がっている〝どうじさま〟。

そして、その〝どうじさま〟に関連して、もう一つ、新しく気になる話が生徒達の間に発生していた。

その新しい話こそ、いま亜紀達が居る『花壇』を舞台にしているもので――――亜紀達は今まさにそれを検証するために、こうして朝早くから、ここ裏庭の『花壇』までやって来ていたのだった。

「………」

まだ暗い学校の、静けさの中に、土を掘る音が響いていた。

早めの登校と言うにも、明らかに早すぎる時刻に、亜紀達はこの『花壇』に集まって、村神に土を掘り返させている。

少し前、〝魔女〟の『夜会』の舞台となり、さらにその前には、理事長による『人柱』の儀式が脈々と行われていた『花壇』。二度にわたって生贄の儀式の舞台となった、話に聞くばかりだった曰く付きの『花壇』を、亜紀が直接見るのはこれが初めてだったが、亜紀はその忌まわしい伝説に彩られた現場を、半ばの不気味さと、半ばの馬鹿馬鹿しさをもって、どこか斜に構えるようにして、遠巻きに眺めるに留めていた。

「……」

煉瓦タイルの壁に寄りかかり、しきりに髪をいじりながら、俯き気味に。

まともに視界に入れないように。そうすると自然と目に入るのは、煉瓦製の花壇の縁と、地面、そして花壇に入れられた黒土ばかりだ。

しかしそんな視界だが、よくよく見ると、花壇の外の白っぽく硬い地面に、花壇の黒土がいくらか零れ、それが踏まれて幾つもの足跡の断片となっているのが見える。これは亜紀達のものでは無かった。つい最近、少なくない数の人間が、この『花壇』に頻繁に出入りした、その痕跡だった。

かつて、ここであった、二度の〝儀式〟。

だがこれらの足跡は、その、どちらのものでも無い。

「…………あったぞ」

「！」

村神の声に、亜紀は顔を上げる。

空目も隣で目を細める。村神がスコップを突き立て、ひっくり返した一塊の土の中には、白い色をした小さな物体が、いくつか土に塗れて混じっている。

屍肉に似た色の、柔らかく湿った白。

それらが人体の形を模して、完全に〝埋められた死体〟の様相を呈して、虚ろに土の中からこちらを見ている。

「――――〝どうじさま〟」

亜紀にとっても、それは充分に見知ったモノだった。

それはかつて亜紀自身も製作した事のある、〝どうじさま〟のおまじないに使う、消しゴム製の〝人形(にんぎょう)〟だった。

これは『形代(かたしろ)』。そして〝どうじさま〟そのもの。

その〝どうじさま〟がまるで死体のように埋葬され、こうして生気のない青白い肌を、墓荒らしである亜紀達の目に晒(さら)している。

「広がり始めてから三日も経ってねえだろうに、大人気だな」

地面に突き立てたスコップに寄りかかり、村神が呆(あき)れたように言った。

それに応えて空目が掘り出された〝人形〟を見下ろして、淡々と言う。

「上手(うま)いやり方だ。持て余す人間は当然出る。しかも代用として申し分ない」

「はあ……」

亜紀は溜息(ためいき)を吐く。

「〝どうじさま〟が要らなくなって処分する時は、校舎裏の『花壇』に、手順を踏んで埋める事――か。そりゃ居るだろうね。深く考えずにおまじないを実行して、処理に困る奴なんて、いくらでもさ」

吐き捨てるように呟く。それが今、この場所について生徒達の間でしきりに語られ始めている、新たなる〝おまじない〟。

「馬鹿者の群れだね。完全に……」

半ば、自虐の言葉だった。

だがそんな亜紀の胸の内を知ってか知らずか、空目は肯定して頷いた。

「ああ、〝まじない〟によって作った呪物をゴミとして処分するのは、多くの人間にとっては抵抗のあるものだろうからな」

「……そうだろうね」

「そういう層の受け入れ先として機能させ、この場所に埋めさせて『人柱』とする。そうしてあの『サバト』の夜に失われた『サトコ』の代用品にする。よく考えられている。これだけあれば確かに、補った上で余りが出るだろうな」

言いつつ空目は、土に汚れたいくつかの〝人形〟を見下ろしていた視線を外す。そして、まだどこかに〝人形〟が埋まっているであろう『花壇』全体を、その冷たく静かな目で、ゆっくりと見渡した。

＊

部室の窓から眺める空の、黒々と垂れ込める雲の色。

「……やな感じだね」

もう何日も続いていながら、未だその暗さに違和感を覚える朝の空を、亜紀は部室の窓際に座って、険の込もった目で眺めつつ、誰にとも無く呟いた。

答える者は無い。部屋にはパイプ椅子に座って沈思する空目と、壁に寄りかかって腕組みする村神。そして部屋の隅の椅子に座っている、臙脂色の服を着た、髪の長い、まるで人形のような容姿をした少女の姿。

「…………」

誰も、何も話さない。

一見して気まずい、まともな社会性を有した人間なら五分と耐えられないだろう部屋だ。

しかし、この状況はもう何日も続いている、この部屋の、謂わば日常だ。他に誰も居ない時間帯に亜紀達はこの部屋へと集まり、学校の〝怪異〟についての調査と、無言の思考、そしてその思考に伴う会話を、こうして続けているのだった。

思考の沈黙が始まると、誰かが破るまで続く。

そして、これまでそれを破っていた人間が面々から欠けた今、現れる無言は今までに無く長かった。

亜紀はもちろん、沈黙を苦にしないタイプの人間だ。

そう思っていた。この中で最も多く、沈黙に対して口火を切る人間になってしまった、その時まではだが。

「……恭の字、ちょっといい？」

部屋に、亜紀の呼び掛けが響いた。

確かに沈黙はさほど苦にしない亜紀だが、それは自分の置かれている状況に対しての討論や答え合わせを必要としない、という事は意味していなかった。

「何だ？」

顔を上げた空目に、亜紀は質問をする。

「さっき見た『花壇』のアレは、十叶先輩の望んだ通りなんだよね？」

亜紀の問い。つい先刻に目の当たりにした、無数の〝人形〟が埋められた花壇の光景について、まず確認する。空目は答えて頷いた。

「その通りだ」

「それじゃ、最近〝怪談〟や〝おまじない〟の種類が減ってる気がするのも、十叶先輩の目的通りなわけ？」

亜紀は言う。一時は見本市のごとく、〝怪談〟と〝おまじない〟が増殖し続けていた聖創学院大付属高校だが、奇妙な事にここ一週間ほどの傾向として、それら野放図に増えていた噂話の相当な数が、急速に聞かれなくなっていた。

急激に、〝噂〟が数を減らしていたのだ。

それは普通に考えるなら単に、一時の流行が去っただけと考えるべきだが、しかしこの傾向は更に奇妙な事に、オカルト傾向が蔓延していた学校の正常化を示していなかった。

オカルト染みた噂の種類は確かに減っていたが、学校を覆うオカルト趣味は、むしろ濃度を増していた。〝噂〟の数が減っているにも拘らず、逆に〝噂〟が語られる頻度は上がり、例えるなら有象無象の多様な〝噂〟が幾つかの大きな束に収束して行っているかのような、そんな危惧に似た印象を亜紀は現状に対して抱いていたのだった。

そんな亜紀の問いに、空目は答えた。

「まず間違い無く、〝魔女〟の目的に沿うものだろうな」

「そう。それじゃあ……いま幾つかに絞られてる主要な〝噂〟は、どれも〝魔女〟の肝煎りの可能性があるわけだね」

「そうだ」

空目は肯定する。

今現在、学校に広がっている〝噂〟は多いが、その中でも蔓延の規模とスピードと存在感など、何らかが突出しているものが幾つかあった。そしてその中で、その全てにおいて突出している現在進行形の〝噂〟の一つが、まさに詠子の関与が明らかな、あの〝どうじさま〟に関わるものだったのだ。

「――――〝どうじさま〟。自分の欠けを補ってくれる守護霊を呼び出す儀式」

亜紀は、自分がその儀式を行ったという事実は極力考えないようにしながら、独りごちるように言う。

「そして、もし〝どうじさま〟が要らなくなって、処分しようと思っても、そのまま捨てではいけない。怒った〝どうじさま〟に呪われてしまう。処分したい時は校舎裏にある花壇の土の中に、丁寧に〝埋葬〟してあげなければならない……」

確認がてらの暗唱。これがつい先刻、現場に行って、この目で実在を確かめて来た、儀式の内容だ。

「それから――――もう一つ、〝携帯の噂〟だっけね」

「そうだな」

空目は腕組みして背もたれに寄りかかり、頷いた。亜紀が口にした、その〝携帯の噂〟というのは、つい最近になって突如として生徒達の口に上り始め、それから急激に広がった、いわゆる〝学校の怪談〟の一種と呼べるものだった。

それは単一のものでは無い。携帯にまつわる何種類かの怪談だ。

ただ、その全てがこの世ならぬ『電波』を携帯電話が受信するという話であり、そしてこの学校のある山がその『電波』を受けやすい場所なのだと、そういう結論がついて終わるという点で共通していた。

「これ、どういう意味のある話なんだろうね」

亜紀は疑問を口にする。

「まだ判らんな。だが気になる点がある」

「気になる点？」

空目の返答に首を傾げ、亜紀は先を促した。

「それって？」

「この世ならぬ『電波』が着信する例として幾つかの怪談が挙げられているようだが、全てが又聞きで、実際にこの学校で誰かがその『電波』を着信したという、一次的な話が今のところ一つも出て来ていない」

「……そういえばそうだね」

「語られている話のどれかに〝本物〟の怪異譚が混じっている、というのが予想としてまず成り立つが――もしかするとこの『着信する』という部分そのものが本命で、蔓延させる事によって、いずれ適合して本当に『着信』する者が現れるのを待つ、という方針も考えられるだろう。いずれにせよもっと動きがなければ方向性の判断が付かない」

「……」

亜紀は眉を寄せる。その場合で言う動きが出た時というのは、既に誰かが〝感染〟し、〝怪異〟に遭ってしまった後、という事になる。

「そうなったら、もう遅いんじゃ？」

「その確率も高い」

「やってらんないね……」

空目の肯定に、亜紀は溜息を吐いて、憂鬱げに口元を歪めた。

「手遅れになる前に、何とか先回りしたいもんだね」

そう言って亜紀は、ふと、黙ったままの村神に視線を向ける。

「村神、あんたもそう思うでしょ？」

亜紀はそう声を掛けた。村神が、目に見えるもの全てを守ろうと足掻いて、それが成らずに懊悩していた事は、亜紀から見ても明らかだ。それならばこういう話には思うところがあるのではないかと、そう思っての事だ。

だが、

「――――別に。どうだっていい」


返って来た答えは、にべもないものだった。

亜紀は驚いて村神を見る。その視線に対して、村神は壁に寄りかかって腕組みしたまま、少しだけ目を上げた。

ゆっくりとした動作。そしてひどく冷静な、本気で興味の無さそうな目。

気の無い大型犬が名を呼ばれた時に、面倒臭そうに目を向ける時の表情。それと実に、よく似ている。

「……村神」

亜紀は微かに眉根を寄せて、村神に問う。

「あんた、どうかした？」

「……」

何か様子がおかしいとは思っていた。数日前から――正確には、あの『サバト』の夜が明けた日、その後からだ。

空目を始めとする一同が異常な事件に関わり始めて以降、村神に常に付き纏っていたあの不安定さが、どことなく鳴りを潜めているように思えたのだ。代わりに村神の表情や言動から感じるのは、妙な落ち着きと、おそらく、諦観。妙に疲れたような、何かを諦めたような、しかしひどくさっぱりしたような、そんな印象だった。

何か、心境が変わったのではないかと思ってはいた。

しかしまさか、そこまでの宗旨替えをしているとは思っていなかった。

亜紀は、村神の目を見る。気持ちが折れてしまったのだろうか、あるいは最悪のパターンとして、詠子から妙な操作でも受けてしまったのではないかと疑ったが、残念ながら亜紀の観察では、その辺りを読み取る事はできない。

「何かあったわけ？」

「別に。何もねえ」

重ねて問いかけると、村神は詰まらなそうに視線を外して、言った。

「何もねえし、何も変わってねえよ。強いて言うなら気付いただけだ。何かが変わった訳じゃねえ」

「はぁ……？」

不審そうな表情をする亜紀に、村神は低い声で、面倒臭そうに言った。

「ただ俺は、自分の力を繋いどく鎖と、それを持つ主人が欲しかっただけだったんだ。ガキの頃のトラウマの延長だ。それに気付いた」

「……」

亜紀が困惑する前で、ゆっくりと目を閉じる。

「自覚してなかったが、そういう事だったんだよ。俺は物心付く前のガキの頃からずっと、気に入った物も、それ以外の物も全部簡単にぶっ壊れるから、それが怖くて、自分と世界を縛る鎖が欲しかったんだよ。それで一番気に入った、一番変わった、一番強そうな鎖に繋がれたつもりだった。それで安心だと思い込んでた。でもそんなもんは無かった。それに気付いちまったから、もう無いかも知れねえって怖れる必要が無くなったんだ。

どうだっていいんだ。俺が何かしても、しなくても、壊れる物は壊れる。

俺はただの動物だ。鎖の無い獣だ。だったら獣らしく、目の前で何かがあるまで寝て待てばいい。人間は弱いから、まだ起こってない事に焦らなきゃなんねえし、そんな人間が持ってる鎖に繋がれた獣も、そうする必要があるだろうよ。でもそうでないなら、まだ起こってねえ事に焦る必要は無い。目の前に獲物が来たら喰らい付けばいい。それに気付いただけだ。俺自身は何も変わってねえ」

「……」

ぼそぼそとした低い、亜紀に説明すると言うよりも、単に自分の認識を言葉にして確認しているだけといった様子の言葉。理解ができず、何を言っていいのかも判らない亜紀の前で、村神はふと、少し寂しげにも思える溜息を一つ吐いた。

「なあ、空目」

そして目を開け、空目に話しかけた。

「何だ？」

「お前、前に『人は人を殺さない事で人たり得る』と、そう言ったな？」

村神の問い。空目は頷いた。

「ああ」

「今なら言える。お前のその見解には、半分賛成だが、半分反対だ。人間ってのは本能的に人を殺さないように、本来はできているものだと俺は思う。だから、人を殺せるようになった人間は、もう人間じゃねえんだ」

「……ほう？」

若干興味深そうな様子を浮かべて、応じる空目。そんな空目に向けて、村神は、淡々と言葉を続けた。

「それはもう、人からは逸脱した生き物だ」

「……」

「それは多分、本当は人の中で生きていたら駄目な生き物だ。人じゃない、獣だ。だがその獣は、人の世界に何人も混じってる」

村神は言う。空目に対して村神がこのように語るのを、亜紀は殆ど見た事が無い。

「お前は『人は〝殺さない意思〟を持つ事で人を殺さない』と言ったが、お前は人の無限性を信じ過ぎてると俺は思う」

「……」

「人間はもっと弱くて脆い。だから正しい。そういう事ができないから正しい人間なんだ。そうでない人間は、もう正しくは人間とは呼べない。呼ぶべきじゃない」

「……」

「人を殺す事の意味を知りながら、それを肯定した人間は、もう人間じゃない」

言う。

そして。

「俺はもう人間じゃない」

村神は、そのように締めくくる。

「済まんな。お前の忠告を無駄にした」

それきり村神は、口を噤んだ。空目はその村神に、何も答えなかった。

何事も無いように無言で表情を変えない空目と、何事かある様子で黙り込む村神。

「……何？　どしたの？」

亜紀はそんな二人の話に付いて行けず、困惑気味に眺めた。

二人だけに通じている会話に、戸惑う。

そして、

「あ……」

同じように困惑した表情で部屋を見回すあやめと、目が合った。

途端、あやめが怯えたように一瞬体を震わせて、亜紀を見たまま表情を固まらせ――亜紀はその怯えた小動物のような目から不機嫌そうに目を逸らして、胸のざわつく感覚に、表情を微かに歪めた。

3

柔らかい白に塗られた部屋と、鼻に障る病院特有の薬品的な臭い。

「ごめんな……」

羽間(はざま)市内にある、とある総合病院。その面会謝絶の札が掛かった病室の一つで、近藤武巳(こんどうたけみ)はベッドの脇に立ち、呟くようにして語り掛けた。

まだ病院がその機能の多くを眠らせている早朝、武巳はこの病室に現れて、このベッドの傍に立っていた。そしてベッドで眠ったままの少年の顔を見詰めたまま、しばしの時間を、こうして重苦しい表情で過ごしていた。

沖本範幸(おきもとのりゆき)。

武巳は自らが傷付けたその少年を見下ろして、両の拳を握り締めた。

白い布団から露出した沖本の両手は、やはり白い包帯とガーゼで包まれている。その中身は何時間もの手術で皮膚が縫い合わされ、骨が接合されて、しかしそれでも指が完全に元のように動くかは判らない状態だと、武巳はそう聞いている。

武巳が、やったのだ。

武巳が自ら、その手でナイフを振り下ろしたのだ。

その手応えは、感触は、三日経った今でも両手に鮮明に思い出せる。肉を切り、骨を抉(えぐ)り、何度も何度もナイフの刃を突き立てた感触を、今でもありありと思い出せる。

武巳が、やったのだ。

あれから、沖本は目を覚ましていない。

体力と、それから精神的なものらしい。傷は命に関わるほどでは無いと、少なくとも、そう聞かされてはいた。

「ごめんな、沖本……」

武巳は、呟いた。

「ごめんな……お前の手と、それから…………大木(おおき)さんを」

それしかできなかったのだ。武巳には。

沖本を助けようとしたのだ。そのためだった。

だから武巳は謝るのだ。こんな事しかできなかった事を。そして、こうしてしまった事を、後悔しない事を。

「ごめんな。おれには、こんな事しかできなかったんだ」

武巳は呟く。

自分には、これしかできない。もっと上手くできる奴は、誰もそうしてくれない。だから武巳がやるのだ。自分ができるだけの事を。

「ごめんな……」

だから呟く。

そして武巳は、コートのポケットから毛糸の帽子を取り出して、頭に被った。

「ごめんな。じゃあ行くわ、おれ」

武巳は背を向ける。

そして病室のドアを開け、無言の部屋を、出る。

病室から廊下に出て、武巳はそっとドアを閉める。

廊下は病室と変わらぬ静けさだったが、廊下の大きく開けた無人の空間は、より静寂を強調して感じさせた。

「…………」

ドアを閉めた武巳は、まるで中の沖本の気配を惜しむように、ノブを握ったまま動きを止めていた。しかし武巳は名残を振り切るようにして手を離すと、拳を握って手を下ろし、静かに振り返った。

「もういいのか？」

そこに、しわがれた少女の声。

武巳の振り返った廊下には、一人の小柄な少女の姿。

幼さを残した容姿。その貌に浮かんでいるのは、限りなく冷笑に似た、歪んだ笑み。

左目だけをひどく顰めた、あの恐ろしく歪んだ笑み。まるで内部の精神が染み出したかのような、陰鬱で老獪な笑み。

「……いいです」

「そうか」

小崎摩津方の、笑み。

「では、行くか」

摩津方がそう言って身を翻すと、羽織った漆黒の上着がマントのように翻った。

そうして、足音高く廊下を歩み去る摩津方に従って、武巳は歩き始めた。魔道師と、その従者が、病院の無人の廊下に、虚ろな足音を響かせた。

…………

「――あの日下部という娘を返し、沖本という小僧を救う手助けもした。さて、今度はお前が、私を手伝う番だな？」

＊

そう言った摩津方が、武巳を伴ってやって来た学校。

一号校舎一階の廊下。病院からタクシーで学校まで乗り付けた武巳と摩津方は、職員室の前を通り過ぎ、そのまま校舎の奥へと踏み込んで行った。

このフロアは職員室を過ぎると教室が無く、理事長室や倉庫などがある区画のため、生徒だけで無く教員の姿も普段から殆ど無い。既に生徒達の多くが登校している時刻だったが、この場所はそれでも静かで、無人の通路であり続けている場所だった。

そんな廊下を、少女の姿をした摩津方に付いて、武巳は歩いていた。

学校の制服の上に、黒いコート。その、それだけならどこにでも居そうな見た目をした少女が、背筋を伸ばし、軍人のような確固たる歩調で武巳の前を歩いている。

その一歩ごとに硬質な足音と、そして金属の擦れ合う音が『じゃりん』と廊下に響く。それは摩津方が手にしている、大きな古めかしい鉄製のリングにぶら下がった、幾つもの鍵が立てる音だった。

摩津方は校長室と、そして理事長室の立派なドアを目もくれずに通り過ぎた。

そうして進んで行った摩津方がやがて立ったのは、フロアの最奥、廊下のほぼ行き止まりにある、一つのドアの前だった。理事長室よりも奥にある、唯一のドア。まるで忘れられたかのように存在する、その何のプレートも掲げられていない木製のドアに、摩津方は迷わず鍵束の鍵を一つ差し込んで、そして、がちゃがちゃと音を立てて開けた。

「……さて」

一度廊下の無人を確認してから、武巳を部屋に招き入れると、摩津方はドアを閉め、電灯を点けた。

電灯が瞬いて、様子が露わになったその部屋は、入った途端に空気の違いが判るほど埃の臭いに包まれた、窓の無い広めの造りの倉庫だった。

ドア以外の全ての面に木製の棚が設えられた、頑強な造りの倉庫。そこは倉庫でありながら理事長室のように絨毯が敷き詰められていて、しかし掃除が長くされていないらしく、見るからに埃を吸って薄汚れていた。

「……」

「ここはな」

服従と不信用。わざと何も問わない武巳に、摩津方は笑みを浮かべて言った。

「ここは、あの理事長の倉庫だ。そして、元は私も利用していた道具入れだ。『魔術』の道具類が仕舞ってあるのだよ」

「………」

武巳は無言で口を引き結んだまま、しかし言葉に釣られて、周囲の棚を見回した。

天井の明かりに照らされて影の落ちた薄暗い棚には、幾つもの装飾された木箱や硝子瓶の類が収められていた。一目で古いものと判る分厚い革表紙の洋書が整然と並び、金属製の大きな燭台が立て掛けられている。明らかに骨董的、いや、異教的とも言える得体の知れない道具類が、所狭しと陳列されている。

魔術師の、そうでなければ、博物学者の倉庫。

それは明らかに学校にあるべきものでは無かったが、しかしその光景を見る武巳は、不思議とこれが学校内にある事に違和感を覚えなかった。

この倉庫は、理科室や美術室にある、あの異様な物品を仕舞った倉庫にひどく雰囲気が似ていたからだ。日常からかけ離れた道具が並んでいるこの部屋を設える場所として、確かに学校以外にはどこにも相応しい場所が思い付かない、少なくとも武巳の知識ではそう思える、そんな雰囲気を持った部屋だった。

「毎日過ごす学校の隅に、こんなものが隠れていて驚いたか？」

「………っ」

揶揄うように訊いた摩津方に、武巳は答えない。

「……ふん、まあいい。今からあの〝魔女〟どもと遊んでやるための道具を準備する。探すのを手伝え」

そう言うと摩津方は、武巳に背を向けて手近な棚を覗き込んだ。

「探すって、何を……」

「要るものは私が判断する。お前は上の棚にあるものを降ろせ」

「……上？」

「この体は背丈が足りん」

どこか苦々しげに、摩津方。その〝魔道師〟の妙に日常的な欠陥に、武巳はひどいギャップを感じたが、何も言わずに大人しく棚へと手を伸ばした。

「私が首を縊って十年余り。三塚め、好きなように弄り回しおったわ」

目を細めて小箱に貼られたラベルを睨みながら、摩津方は呟いた。

棚の上は埃が積もっていたが、しかし置いてある物品には、確かに動かした跡があった。

古びた木製ケースや、何か石の入った袋など、得体の知れない物が次々と出て来る。武巳はそれらを一つ一つ、言われるままに、床の絨毯の上に降ろして行く。

刺繍のされた暗幕。明らかに長剣の入った包み。

液体の入った小瓶が、ぎっしり詰め込まれた木の箱。

部屋の空気に舞った埃が、目をちりちり刺す。鼻では息ができない。武巳は手の甲で、目尻の辺りを擦った。

「………ふむ、香（インセンス）も羊皮紙（パーチメント）も足らんな」

そうやって武巳が黙々と作業をしていると、床にしゃがんで収納箱を覗き込んでいた摩津方が呟く。

「三塚め、補充を怠ったな。どうにもならぬ程では無いが、多少不安が残るな」

「……」

呟き、思案する摩津方。その様子を見下ろしていた武巳は、少しの躊躇（ちゅうちょ）の後、意を決して声をかけた。

「……おれから見れば、アンタだって充分『化物』に見える——見えます」

武巳は言う。

「それでも十叶先輩には、負ける訳ですか？」

揶揄（やゆ）を込めて。せめてもの反抗として。摩津方に同行していた間、意識して無表情にしていた顔を、できるだけ嫌味に歪めたが、慣れない表情は引（ひ）き攣（つ）っていたし、言い慣れない嫌味も声が掠（かす）れていた。

当然、

「ふん、慣れん悪態なぞ口にしても、悪意より自己嫌悪を感じるわ」

「う……」

あっさりと嘲笑われた。

とは言え確かに真実なので、武巳は黙るしか無い。そんな黙り込んだ武巳に、摩津方は道具を検める手を止めないまま言う。

「あの〝魔女〟は、生まれついての『化物』だ。もちろん容易な相手では無い」

「……」

「だが私とて、人のまま人を超えた『化物』たらんとした自負がある。あれと私だけならば、私は決して負けるつもりは無い」

言いながら、ばん、と音を立てて収納箱を閉める。埃が舞い、武巳が思わず咳き込んで目の前を手で払う、そんな中で摩津方は立ち上がると、腰に手をやって、それまで不敵だった表情を忌々しげに歪めた。

「だがな、あの娘の『後見』がいかん」

「……後見？」

「神野陰之の名で呼ばれる、あの〝意思持つ暗黒〟の事よ。あれはいかん。この世界の全てを左右する、巨大な『負の方向性』の顕現だ」

「………………！」

吐き捨てるように摩津方は言った。武巳はあの〝夜色の外套〟を纏った〝魔人〟の姿を、貌を、声を思い出し――――それから同時にポケットに入れたままだった小さな〝鈴〟の存在を思い出して、急に意識させられたその感触に、思わず冷たい怖気を感じた。

「あれって……何なんですか？」

「魔を志す者にとっての〝神〟のようなものよ」

武巳が問うと、摩津方は答えた。

「あれを呼ぶためには莫大な才能が要り、ああなる為にはもっと巨大な才能が要る。だが決してああなってはならん。関わってもならん。あれは触れる者すべてを〝歪みのセフィロト〟に呑み込む、奈落の水先案内人だ。あれに関われば破滅する。破滅せぬ者は、最初から破滅している者だけよ」

「……」

言葉の半分も理解できなかったが、禍々しい内容である事は本能的に判った。武巳はその碌に理解できない言葉に恐れを感じ、そしてポケットの中に火を入れられたような、そんな気分になった。

ポケットの中の〝鈴〟。前の事件で壊れた携帯から取り外した、あの〝鈴〟。

それが入っている事を思い出し、思わず触れていたポケットから手が離れる。たった今まで布越しに触れていた、今も中に入っている物体への本能的な忌避と、それがそこにあるという事実がおぞましさとなって、自然とポケット辺りの皮膚を中心に鳥肌のような感覚が広がって行く。

武巳はもう、関わりがあるのだ。

対面している。武巳は〝鈴〟の入っているポケットの口を、まるで怖い虫でも入っているかのように、震える指で広げて見せる。

「あの……じ、じゃあ、これは……」

「ん？」

摩津方は一瞥すると、詰まらん、とばかりに鼻を鳴らした。

「……ああ。あの〝鈴〟か。案ずるな。そんなものは接触のうちに入らぬわ」

言い捨てる。思わず武巳はポケットを見下ろす。

「え？　あ、そうなのか……？」

「呪物は所詮、呪物に過ぎんよ。特に、お前程度が所持できる物となればな。それに、お前が遭ったモノは、おそらくただの〝影〟のようなものだ。あの〝魔女〟を光体とした投影に過ぎん。そうでなければ今頃お前など無事では済んでおらんし、そもそもお前のような小物は相手にされんわ」

「あ、ああ………そうか、そうだよな……」

武巳は露骨な侮りへの少しの不快感と共に、それでも胸を撫で下ろす。しかし一度感じてしまったポケットの中への嫌な感覚は、すぐには抜けるものでは無かった。

「――人が魔を志し、魔術を修め始めた時、その過程で必ず〝影〟と出会う」

摩津方は、そんな武巳から視線を外すと、不意に厳しい表情になって、ただでさえ顰められている左目を更に顰めて呟いた。

「汝が深淵を覗く時、深淵もまた汝を覗いている――使い古された言葉だが、実に良くできておる言葉よ。魔の術を志し、それを行う者は、必ずいつか何らかの〝影〟と出会う事になる。禅で言うなら〝魔境〟だな。それは自己の魂の〝影〟かも知れんし、アストラル界を浮遊しておる〝邪悪な魂〟かも知れん」

「え？　は？」

突然紡ぎ出されたそれらの言葉に、戸惑う武巳。だが構わずに摩津方は、どこか別の場所を睨みながら言葉を続ける。

「魔術の深淵。そこで何に出会うかは、個々の個性と才能と研鑽によって違う。そして私の出会った〝影〟こそが、よりにもよって『彼』であった。私は『彼』から幾つもの真理と秘儀を伝授されたが――最後には鉄の意志をもって決別した。そうする必要があった。彼の者は私のアストラル界の師であり、そして最も厄介なる敵でもあった……」

「…………え、えーと？」

「……まあ、そんな事はどうでも良い」

ちらと武巳の表情を見た摩津方は、やはり詰まらなそうに口の端を下げた。

「どうでも良いのだ。結論から言ってしまえば、あの〝神〟とも〝魔王〟とも称す事ができるであろう至高の存在の影は、戦って、そして倒せる者など、この世のどこにも存在せん、という事よ」

その説明は、流石に武巳も理解した。

「…………！」

「彼の〝闇の化身〟は不可侵だ。『彼』は闇そのものゆえ、我等『闇を目指す者』にとっては神に等しく、そうでは無い『闇に関わらぬ者』にとっては無いものに等しい。そんなモノがあの〝魔女〟の持つ『願望』を、いま守護しているという事だ。もしも〝魔女〟を挫くつもりならば、あの『彼』をどうにかして出し抜かねばならんのだが、誰も『彼』には勝てぬのだ。そう、誰もだ」

断言する摩津方。武巳は驚くが、たった一度の、摩津方が言うところでは〝影〟に過ぎないという『彼』との邂逅の記憶は、それを肯定する。

「あ、あの人って、そんな……」

「ああ、そんな、だ。それに、もはや人とは言えんよ」

「でも、何とかする……できる、んですよね？」

「もちろん何とかはするとも。せねばならん。そのために人には英知がある。意志がある。それに駒もたくさんある。今こそ使う時であろう」

摩津方は目を細め、そして厳しい表情から、一転冷酷な笑みを浮かべた。

「駒？」

「お前だ」

何となくそんな気はしていた。

「う……やっぱり……」

「それから、お前の元仲間だな。構わぬよなあ？　もう縁は切れておるのだからな？　どう私が利用しようとも、お前が気にする事では無いな？」

「えっ？　あ……ああ、それは————もちろん」

武巳は答える。動揺したが、そう答えた。

「よし」

摩津方は武巳の表情を嬲るように眺めると、満足気な、歪んだ笑みを浮かべた。そして再び棚へと向き直り、言った。

「さて、では、準備を再開しなければな」

「あ、ああ……」

「そうだな。では上の物を降ろし終わったら、次は〝釘〟を探せ」

「釘……？　あ、ああ、わかった」

武巳はとにかく考えるのを止めて、言われた通りの作業を再開する。何か考えると、余計な事を考えて、不安に、そして罪悪感に駆られてしまう。そしてそんな余裕は、自分には無いのだ。自分は、ただの凡人なのだから。

「…………」

とにかく思考を締め出して、武巳は作業を再開した。

棚の上に手を伸ばし、埃をかぶった、木製の宝石箱のようなものを持ち上げる。

瞬間——

りん、

この世ならぬ〝鈴〟の音が、耳元で響き渡った。

ぎょっ、として武巳は手元を狂わせて、宝石箱が手から転がり落ちた。

重厚な箱が、絨毯の上に重く鈍い音を立てて落下する。途端、衝撃で蓋が開き、中に入っていた物が、鍵束にも似た金属の音を派手に立てながら、内腑(ないふ)のように吐き出されて、床にぶち撒(ま)けられた。

「っ！」

それは何本もの、極太の鉄釘だった。

それは断面が四角い、作りも材質もひどく古い釘で、楔(くさび)のように無骨なその四面に、見た事も無い文字と模様がびっしりと刻まれていた。

「…………‼」

「ほう、流石に探し物の役に立つな。その〝鈴〟は」

あの〝鈴〟の音が聞こえたらしい摩津方が、揶揄うように笑って言った。

武巳は棚を背に、まだ動揺で震えている手を握り締めて、床にばら撒かれた釘と、摩津方の笑みを、引き攣った表情で眺めていた。

4

こんな事を言ったら、バチが当たると思うけれど。

実のところ日下部稜子としては、頑張っている武巳の姿は、とてもとても不安だった。

武巳は本来、空目とか、詠子とか、小崎摩津方とか――――そんな人達と同じ世界の住人では無い。それなのに、そんな事は自分でも知っているのに、それでも武巳は彼等の中に踏み込んで、武巳なりのやり方で彼等と渡り合おうとしているのだ。

稜子の、ためにだ。

危ないから止めて欲しい。そう言うのは簡単だったが、稜子はそうはしなかった。

嬉しかった、からだ。それに、そんな事を言えば頑張っている武巳と自分の心に水をかける事になってしまうと、そう思ったからだ。

そんな事は、したくなかった。

だから、稜子は別のやり方で自分と武巳を守る。

こっそりと、武巳には、秘密で。

こんな事をしていると、バチが当たると思うけれど。

「…………あ、知ってる知ってる。その噂」

そんな訳で、一限が始まる前の、生徒達がひしめく朝の教室で、稜子は同じ授業を受ける友人達と、笑顔で雑談に興じていた。

窓の外の陽光は曇って鈍く、それでも朝ではあるので電灯の光もどこか鈍く感じる教室。それぞれの生徒が、授業開始前のてんでな時間を過ごしている喧騒(けんそう)の中で、稜子は隅の席に女の子ばかりで固まり、教室の喧騒にさらなる華を添えていた。

「あ、ねえねえ、それじゃ、これは知ってる?」

どこの学校の、どこの教室にもありそうな、明るく楽しげに談笑する女子達。他愛の無いおしゃべり。しかし朝の挨拶から始まるいつもの雑談は、目下のところ、とある一つの話題に話が集中していた。

「……知ってる？　この〝おまじない〟」

おまじないと、怪談。

明らかに季節から外れたこれらの話題は、しかし今ここで話している女子達だけで無く、学校全体に波及している流行でもあった。

そして稜子は、ここ数日、それらの話題を意識的に周りに振り続けていた。それはいま学校に広がっている〝おまじない〟と〝怪談〟を調べるためで、そうやって聞いた話を、稜子は武巳には内緒で空目達に提供し続けていた。

軽い、武巳に対する裏切りだとも思ってはいた。

しかし稜子は武巳が決別した空目達に、また武巳とは違った評価を持っていた。

その自分の判断が正しいかは判らなかったが、稜子は自分の思った事には概して素直な性質だった。それに、あれから頑なに稜子を怪異から遠ざけようとしている武巳へのちょっとした不満もあって、稜子はこうして密かに、噂を集める活動を武巳の見ていない所で行っていたのだった。

「稜子ちゃん、最近おまじないとかに興味あるって言ってたよね」

「あ、うん。そうそう」

問われれば、稜子は決まってそんな風に答えた。

最近そういった事に興味がある様子を、稜子は周りに対して完璧に演じていた。

皆から話を聞くためだったが、いざ話を振ってみると、皆は稜子が意外に思うほどあっさりと盛り上がった。そして、今までそんな様子も見せなかった友達までが、話題に関心を示したり、身を乗り出して来た。

……やはりちょっと、異常な気がしないでも無かった。

こうして積極的に話を始めるまで全く気が付かなかったのだが、全然そうは見えなかった所にまで、オカルトに対する関心は想像以上に強く広く浸透していた。

知ってはいた。今までも色々と見聞きしてはいたのだ。しかし実際こうして自分の友達が集まって、こうした反応をしているのを見せられると、さすがに学校そのものに、何か異常が起こっているのではないかと実感せざるを得なかった。

「ねえねえ、稜ちゃん」

「うん？　なに？」

そして今日も、稜子と友達グループの中で、その話題は続く。稜子にとって有り難くも不気味な事に、稜子が表明した興味のために、わざわざ色々と周囲に聞き込んで来てくれるような子も居た。

「あのさ、稜ちゃんが興味あるって言うから、友達から聞いて来たんだけど」

「え、ほんと？　ユリちゃん」

そんな友達の一人が、嬉々とした表情で言う。彼女は元々そういうのが好きな子で、自分の聞いて来た話を、実に嬉しそうにうきうきと稜子やその周囲に話して聞かせる事が、今までにも幾度かあった子だった。

「うん、なんかねー、〝交霊術〟って言うの？　また流行り出したらしいよ？」

ユリの言葉に、稜子は笑顔のまま問い返した。

「そうなんだ？」

何も知らない振り。聞いた段階で稜子はすぐさま〝そうじさま〟を連想していたが、〝本物の怪談〟が〝感染〟するのを防ぐため、自分の知識を開陳しないようにと空目からは厳命されていた。

「それって、どんな感じなの？」

「こっくりさんみたいなやつじゃないかなあ？　幽霊を呼び出すやつみたい。細かい内容までは聞けなかったんだけど」

「へえ」

稜子は拝聴の表情。もう心の中ではメモを取り始めている。こうやって今まで、稜子は友達からいくつもの話を聞き出している。

「なんかねー、一部の人達がやってるみたい」

「ふーん？」

「なんて言ったかなー、何人か集まってやるらしいんだけど……」

そう言っていつものようにユリが話を始め、稜子がそれを、興味深そうに聞き始めようとする。いつも通りの流れだ。

だが、

「……あれっ？」

とユリの言葉が、そこで止まる。突然、彼女の話に割り込むようにして、携帯に電話が着信したメロディーが鳴り出し、皆の耳に届いたのだった。

「電話？　誰だろ？」

携帯は、当のユリのものだった。皆に「ちょっとごめん」と断りながら、ユリは携帯を置いていた近くの机へと、鳴り続けている自分の携帯を確認しに向かう。

「電話って……例の、〝番号ナシ〟のやつだったりして」

別の女の子が、例の怪談になぞらえて茶化した。

「それ私が教えた話じゃん」

ユリが軽口で応じる。皆がどっと笑う。

稜子も笑う。

「じゃ、ちょっと待ってて」

そうしてユリは、鳴っている携帯を取り上げる。

姦(かしま)しくも平穏な、稜子と友人達の、ごく普通の日常だった。

机から取り上げた携帯の画面に目をやったユリが——そのままその瞬間、表情を凍り付かせるまではだ。


「…………………………!」


異様な雰囲気は、見ていた稜子達にも瞬時に伝わった。

みるみるうちに顔面蒼白(そうはく)になった彼女を見て、女の子達の間に、さっ、と不安に満ちた空気が広がった。

「ど、どうしたの？　ユリちゃん」

「……」

答えは無かった。

ただその沈黙によって、一同の間に、ある一つの共通のイメージが想起されたのを、全員が誰からとも無く感じ取っていた。


〝番号ナシの電話〟

つい今しがた、冗談で名前が出された怪談だ。

茶化して口にした子が、笑おうとして失敗した。

「ちょ、ちょっとユリ……冗談やめてよ……ねえ……？」

「…………」

答えは無かった。着メロの軽快な音が、ユリの握る携帯から、ひたすら虚ろに、教室の喧騒の中に漏れ出している。

「…………」

全員からの、戸惑いと不安の視線が、ユリに注がれた。

その視線にも気付かない様子で、ユリは携帯の画面を瞬きもせずに見詰めていた。

やがてユリは、ようやく動き出し、ゆっくりと携帯に指を近付けて、通話を押す。そして凍り付いた表情のまま携帯を持ち上げて、緩慢に、恐る恐るといった様子で、耳の方へと持ち上げて——————そして、そっと、耳に当てた。

「…………もしもし」

強張(こわば)った声が、ユリの口から出た。

それは明らかに知人相手のものでは無い、強烈な警戒と不安の込められた声だった。

皆が、何が起こっているのか分からないまま、固唾を呑んで見詰める。ユリはそのまま沈黙する。ユリは携帯を耳に当てたまま、強張った表情で、一言も喋らず、耳を澄ますようにしてじっと動きを止めている。

「…………………………」

騒がしい教室の中で、その一角の時間が止まった。
異様な空気が、その一角に居る女子達の間だけに広がっていた。
聞こえないものに、耳を澄ますような沈黙。騒がしい筈の教室の中で、あまりにも強い緊張が引き絞られ、そこだけが奇妙に届く音が遠くなり、自分の鼓動が聞こえるほどの、不安と緊張に強張った静寂が出現した。

「ユ……ユリ……？」

その沈黙の中で、誰かが、恐る恐る声を掛けた。
ユリと、一番仲の良い少女だった。
「どしたの？　だ、誰から？」

答えは無かった。

無言。耳に携帯を当てたまま、棒立ちのユリ。声をかけた少女が、そんなユリへ、耐えかねたようにそっと手を伸ばした。

心配、緊張、それらが込められた指先。

そんな指先が、ユリへと近付いた。

そして近付いた、指先が。

ユリの肩に、ほんの僅かに、触れた途端。

突如、ユリの目が、そして口が、壊れたように大きく開かれた。

そしてその蒼白な顔が、一瞬にして凄まじい恐怖に彩られた。

そして。

「きゃあああああああああああああああああああああああああああああ――っ！」

大きく開いたユリの喉の奥から、凄まじい悲鳴が迸り出た。

耳をつんざく、身が竦む絶叫。携帯を耳に当てたまま、目を見開いたまま、ユリは突如として恐ろしい絶叫を上げ、その悲鳴は教室の全てに響き渡って、一瞬にして教室の全てを恐慌状態に陥れた。

「────────────!!」

「──────!!」

「────────────────!!」

突然の悲鳴に驚く者、耳を塞ぐ者。棒立ちになる者、悲鳴を上げる者。

混乱と狂乱。それら全ての中心で、白目を剝いて絶叫を上げる友達の姿に、女子達がパニックに陥る。

「……ユ、ユリちゃんっ！」

その中で、稜子は一人だけユリへと駆け寄って袖を摑んだ。摑んだ瞬間、稜子の手には石のように筋肉が硬直した腕の感触が伝わって来て、その人間のものとは思えぬ感触に、一瞬だけ稜子は怯んだ。

「!!」

だが稜子はすぐさま必死で、石の棒のようになったユリの両腕を掴み、正気に戻そうと力の限り揺さぶった。

「ユリちゃんっ!」

「きゃあああああああああああああああああああ————っ!」

痙攣し、全身を硬直させて、絶叫するユリ。稜子が涙を浮かべて必死で力を込めても、ユリの腕は電話を耳に当てたまま、そして体は棒立ちになったまま、鉄の芯が入っているかのように動かなかった。

叫び続ける。どこか別の場所からユリの体に流れ込んででもいるかのように、ユリの悲鳴は口から止まる事が無い。肺の許容量などとっくに尽き果てているほどの大量の悲鳴を、ユリは息継ぎも無しに吐き出し続けていた。

「だ、誰かっ! 救急車! せ、先生呼んでっ……!」

あまりに異常な状態に、稜子は半泣きになって、周りに向かって叫んだ。

叫び、呼びかけたが、その間もユリは悲鳴を上げ続け、周りがどうなっているかなど、本当に助けが来るのかなど、見る余裕は無かった。

悲鳴は続く。流れ込んでいるように。そうするうちにも、声は徐々に音域を上げて行き、だんだんと人間の喉が出せる声では無くなって行き、すでに声では無く音と呼ぶべきものに変わり、ガラスを引っ搔く(か)ような身の毛もよだつ音へと裏返って行く。


「————————————————っ！」


全身を痙攣させて喉から音を搾り出すユリに、稜子は必死でしがみ付いた。

為す(な)術(すべ)も無かった。ただ狂乱に呑み込まれながら、稜子は空回りする思考を、必死になって巡らせた。

そしてその時、稜子の目に、携帯が入る。

ユリの手に握られた携帯。硬直した手に握り締められた携帯。電話の表示され、通話状態の携帯。通話時間がカウントされている、どこかに繋がったままのユリの携帯。

「これ！　これを……！」

理屈も何も無かった。それしか思い付かなかった。

稜子は両手でユリの持った携帯にしがみ付き、それを引き剝がしにかかった。

鉤爪(かぎづめ)のように携帯を握り締め、びくともしないユリの指に、指先をこじ入れた。だがそれでも異常に硬直した手指には全く歯が立たず、指の一本も剥がせないまま、携帯の外装を稜子の爪が空しく引っ掻くばかりだった。

「…………!!」

焦る稜子。

しかしそんな稜子の指先が、携帯の画面に触れた。

「あ!!」

稜子は気付き、ユリの手ごと携帯を握り締め、ぶら下がらんばかりに体重を込めて自分へと引き寄せた。そして戻ろうとする腕を押さえ込み、必死で画面を覗き込んで、指を這わせてパネルを探り――通話切断ボタンを見付けて、それを押した。

「…………げぼっ!」

通話が切れた瞬間、肺が潰れる様な音を口から吐き出して、ユリの体が弛緩した。

ユリの膝ががくんと折れて倒れ込み、その体を、稜子は小さな悲鳴と共に、慌てて腕を摑んで支えた。完全に力が抜けてあまりにも重い体を、辛うじて上半身だけぶら下げると、力の抜けた頭が、ごろりと上を向いた。ユリは完全に白目を剝き、口を半開きにして、血の色の混じった泡を吐きながら、ぴくりとも動かなくなっていた。

「…………………………」

しん、と教室は静かになっていた。

一瞬の静寂の後、稜子は、はっと我に返って、ユリへと呼び掛けた。

「ユリちゃん！」

稜子の顔は血の気が引いている。そんな稜子の叫びと同時に、ようやく別の悲鳴が周りから上がって、止まった時が動き出したかのように周りが騒ぎ始めた。

「先生呼べ！」

「保健室！」

稜子とユリの周りに生徒達が集まり、稜子はその生徒達に、ユリの体を預けた。そしてユリを任せ終えると、稜子は足から力が抜けて、人形の糸が切れたように、へなへなと床に座り込んだ。

「あ……」

「だ、大丈夫……？　稜子ちゃん……」

友達の女の子が、稜子におずおずと近付いて、声を掛けた。

「う……うん。大丈夫……」

稜子は答える。そうは答えたものの、身体には力が入らなかった。そこで稜子は、ふと自分の手の中に、ユリの携帯が残ったままになっている事に気が付いた。どう考えても元凶にしか思えない、ユリからもぎ取った携帯電話を、稜子はしばし見詰めて、そして——おずおずと、その画面に指を伸ばした。

まだ表示されたままの画面に。

ロックが外れているその画面を、ユリに悪いと思いながらも、操作する。

マナー違反を自覚しながらも、どうしても確認したい事があって、確認しなければならない事があって、その画面を表示させた。

通話履歴。

今の通話は——履歴の中に、存在していなかった。

二章　人より怪、出づ

1

ユリは、不意に目を覚ます。

「ん……」

「……あら、目が覚めた？」

白い天井と、その外周を飾る黒檀の縁。視界の端を覆う白い間仕切りのカーテンから、女性の声がユリにかけられた。

——あれ……？

病院を薄めたような匂い。保健室だと気付く。

何で、保健室に居るんだろう？　ユリはぼんやりとした起き抜けの頭で、まず最初に、そう思った。

「…………」

記憶が、はっきりしなかった。

自分の置かれている状況が、よく判らなかった。

一体、どうしたんだろう？　授業はどうなったんだろう？

ユリは、ぼんやりと考える。清潔だが肌触りの硬いシーツと枕カバーに包まれて、真っ白な世界で、真っ白な頭の中に無為な思考を巡らせる。

「………………」

保健室は、ひどく静かだった。

ただカーテンの向こうで、微かに人の動く気配がするばかりだ。

その緩やかな静寂は、ユリの思考を、緩やかに阻む。思考が停滞する。ユリはしばし記憶を頭の中に巡らせていたが――――何があったのか思い出せなくて、やがて、自分で思い出す事を諦めた。

何があったのか、訊ねようと、カーテンに目をやった。

そして、人の気配のするカーテンの向こうへと、言葉を掛けた。

「あの………………っ、げっ、げほっ！」

途端、ごほっ、と声の代わりに、激しい痛みが喉から出た。

咳き込む。刺すような喉の痛み。痛みが喉に絡む。痛みの固まりが喉から吐き出されて、口の中に、うっすらと血の味が広がった。

「………!?」

驚いた。呆然とした。

一体、自分はどうしてしまったんだろう？

「ああ、ひどく喉を痛めてるから、声は出そうとしない方がいいよ」

先程の女性の声が掛かった。

喉？　どういう事？　ユリは声の主を求めて、カーテンを見る。白いカーテンを透かして人影があった。カーテンの向こうでこまごまと動いて立ち働いている、おそらくスカート姿をした女性の影だった。

多分、養護教諭の先生。

「せんせ……ごほっ！　ごほっ！」

「ほら、ダメだって。しばらくはちゃんと声出ないかも」

女性の声は、ユリをたしなめる。

「あなたね。教室で電話に出た後、急に物凄い声で叫んで倒れたって」

「！」

「何があったの？」

携帯！　聞いた瞬間、全てを思い出した。あの時ユリは、番号通知の無い電話の『着信』を受けたのだ。

そして応答し、繋がったそれを、耳に当てて――

「…………」

そこからが、思い出せない。

それに気付いて、感情が昂ぶって声を上げかけ、たちまち迫り上がった喉の痛みに、ユリは咳き込み噎せ返った。

「げっ、げほっ……！　ごほっ……！」

「あっ、ごめんなさいね。喋れないのに、何があったか訊いたりして」

謝る女性の声。

「ごほっ！　で、でもっ……」

「思い出したの？」

「…………！」

そう。自分は噂に聞いた、あの〝番号の無い電話〟を受けたのだ。

あの『怪談』で語られている、あの電話を。ただ電話に出た後でどうなったのか、自分では判らない。

だが、もし、噂の通りなら。

もし、噂で語られている通り、その電話がこの世のものでは無い〝何か〟からの『着信』なのだとしたら。

自分は一体、その電話から、何を聞いたのだろうか？

自分は一体、その電話に、何をされてしまったのだろうか？


「…………………！」


考えて、鳥肌が立った。

自分はあの時、この世ならぬモノに接触してしまったのだ。

今になって、震えが来る。無くなった記憶が、たまらなく怖い。一体、電話は何を話したのだろう？　そして一体、自分はどうなってしまったのだろう？

手掛かりは、自分が保健室に居る事と、喉の痛みばかり。

ユリは不安に身を震わせる。あの『怪談』では、『着信』を受けた子はどうなった？

「……どうしたの？」

そんなユリに、カーテンの向こうに立って、影が訊ねる。

もちろん、ユリには何も答えられない。

「…………」

「どうしたの？」

問い掛けの声。

カーテンの向こうに立った影。そのとき初めて、ユリは人影に違和感を覚えた。

「どうしたの？」

「………」

この影は、声は。

本当に、養護教諭なのだろうか？

影の言葉に、何故か笑みが混じった。

「どうしたの？」

白いカーテンに透けている、くっきりとした女性の影の、その頭の部分が、音も無く溶けて、どろりと落ちた。

2

「稜子！」

保健室の前にできた人だかりを掻き分け、武巳は稜子の背中に呼び掛ける。

その呼び掛けに、保健室のドアの前に立ち尽くしていた稜子は、半ば呆然とした表情で振り返って、答えた。

「……武巳クン…………」

武巳がその騒ぎに気付いたのは、摩津方の『手伝い』から解放され、一限の教室に向かっていた時だった。廊下に広がる異様な空気。騒然とした人だかり。その明らかに何らかの事件が起こったと思われる雰囲気は、いかに鈍い武巳であっても、瞬時に異常に気が付くほどのものだった。

気付いた瞬間、自分に関わる事だと直感した。

いや、それは直感というよりも被害妄想に近いものだったが、稜子が居る筈の教室に駆け込んだ武巳は、それが正しかった事を知る事になった。

武巳は、まだ教室に残っていた稜子の友達を捕まえて、教室で何が起こったのかを聞き出した。そして友達に付き添って稜子が向かったという保健室へと、こうして慌ててやって来たのだった。

「……大丈夫か？　何ともない？」

武巳は稜子の顔を見て、そう訊ねた。

稜子は頷いたが、しかし気もそぞろな様子だった。

「う、うん。わたしは…………でも、ユリちゃんが……」

「そっか」

武巳は安堵の息を吐く。稜子が無事ならそれで良かった。だが安心する武巳に対し、稜子は心配そうな表情で保健室のドアを振り返っている。

無理も無い、とは武巳も思う。

何しろ友達が目の前で異常をきたした、目の前でそれを見た当事者なのだ。

どうやら倒れた本人以外は保健室からは締め出されているらしく、他にも数人の女の子が閉じられた黒檀調のドアを眺めていた。その表情は一様に不安に曇っていて、時折、顔を見合わせていた。

「……うん、でも、取り敢えず稜子が無事で良かった」

武巳は言った。ユリちゃんとやらには悪いし、稜子にとっても不本意だろうが、今の武巳には残念ながらそれ以上を望む余裕は無かった。

「う……うん、ありがと。でも……」

「稜子。心配なのは分かるけど、おれは稜子の方が心配だよ………今、おれ、かなりヤバいと思ってるんだよ。酷いこと言ってるって分かってるけど、人の事になんか構ってる余裕なんか無いんだよ……」

「……！」

その武巳の言葉に、稜子は一瞬だが驚いた表情をして、しかしすぐに哀しそうな顔になって軽く俯く。武巳は胸の辺りで逡巡して行き場を無くしている稜子の手に、少し躊躇ってから、意を決してそっと触れた。

「！」

「どうしようも無いんだ……」

武巳は、辛そうに言う。

「頼むからこれに、あんまり深く関わらないでくれよ……」

「…………」

稜子は黙った。そして少しの沈黙の後、神妙な表情をして、無言のまま小さく頷いた。

武巳はそれを見て、稜子に触れた手を、すぐに下ろす。つい周りを見る余裕も無く行動してしまった。周りを見たが、特に注目されている様子は無く、話を聞かれて不審に思われている様子も無い。内心で胸を撫で下ろした。

「ごめん……」

そして武巳が改めて、声を落として、言葉を継ごうとした時だ。

――――りん、

ぞくっ、と武巳の背に冷たいものが広がった。

聞こえた。瞬間、武巳は顔を上げた。それと同時に保健室のドアが開いて、若い女性の養護教諭が、中から廊下に顔を出した。

「はいはい、キミたち邪魔だから解散解散」

廊下に居た一同が振り返る中、髪をひっつめた養護教諭は、そう言って追い払うように手を振った。だが女の子達は逆に一斉に詰め寄ったため、教諭は慌てて皆を遮るように保健室のドアを後ろ手に閉めて、押し留めるように両手を広げた。

「先生、ユリちゃんは……！」

「大丈夫なんですか？」

口々に訊ねる女の子達に、教諭は作った笑顔を向けた。

「大丈夫大丈夫。大した事ないから安心して」

その返答を聞いて、女子達の間に安堵の声が広がる。教諭はそんな一同に向かって、続けて言う。

「それより授業が始まるから、早く教室に戻んなさい」

だが女子達は、すぐに解散する様子は無い。

稜子も同じだ。稜子も、皆と一緒にとりあえず安堵の表情をして、保健室の前から去り難い様子をしていたが、しかし武巳は養護教諭の顔をしばし見て――――そして稜子の服の袖を摘まんで、後ろから引っ張った。

「？　どうしたの、武巳ク……」

　不思議そうに何か言いかけながら振り返った稜子は、しかし武巳の表情を見て、即座に黙り込んだ。

「行こう、稜子」

「……」

　硬い表情で促す武巳。その様子に何かを察した稜子は、黙って従った。

　手を繋ぐ。稜子の手を引いて、保健室前の人だかりから抜け出す武巳。養護教諭の「すぐ良くなって授業に戻るから」という説明を背に聞きながら、ぐいぐい稜子の手を引いてその場から離れて行く。そして廊下を曲がって階段を上り、養護教諭の声も、人だかりのざわめきも聞こえなくなった頃、稜子がやっと口を開いた。

「武巳クン、どうしたの？　何があったの？」

「………………」

　それでも武巳は答えずに、大股に廊下を進む。

「武巳クン……」

「あの先生――――〝使徒〟だ」

　そして近くに人が誰も居なくなった時、武巳はようやく、声を潜めて言った。

「えっ……!?」

「間違い無い。あれ、〝魔女の使徒〟だ。賭けてもいい」

武巳は厳しい表情で、前を向いたまま、稜子にそう告げる。

最初から警戒していなければ、武巳は気付きもしなかっただろう。しかし疑って見ている今ならば判る。保健室の前で教諭の浮かべていた笑みは、間違えようも無く、あの〝使徒〟の浮かべていたものと全く同じ笑みだったのだ。

個として見れば何の変哲も無い、しかし集まれば全く同じであるという、その一点において異常な、あの特有の笑み。一度見たら忘れられない、あの異様な光景の中で、〝使徒〟が一斉に浮かべる、あの全く同じ笑み。

「もうダメだ、あそこは」

歩みを止めないまま、武巳は言った。

意識して落ち着いた声を出して、それは成功していたが、それを言う武巳の鼓動は、外に聞こえそうなほど速かった。

詰め寄る人だかりを前にして、教諭が浮かべた表情に気が付いて以降、今にもあの教諭が自分に注目するのではないかと、武巳は気が気では無かった。今でも追って来ているのではないかと、意識がずっと、後ろに向いたままでいる。

自然と、限界まで早足になる。

稜子はそんな武巳の足に必死で付いて来ていたが、急に途中で、足を止めた。

「待って、武巳クン」

「な、なんだよ」

武巳は腕を引っ張られる形になり、立ち止まって振り返った。

「あの保健室、ユリちゃんが……」

稜子は言った。武巳はそれを、聞いて表情が曇る。そんな事は百も承知だった。

「……分かってる」

武巳は言った。

「でもダメだ。稜子はあそこに近づいちゃダメだ」

「そんな……」

稜子の表情が歪んだ。今にも保健室に取って返しそうな素振りだ。武巳はそれを見て稜子を真正面から見詰めて、その両肩に手を置く。

「ダメだ」

稜子が武巳を見返した。

「でも……」

その消え入りそうな稜子の声に、武巳の胸が痛む。これ以上、稜子のこんな声を聞きたくは無かった。そもそも自分でも、見捨てる言葉に罪悪感はあるのだ。だが、武巳の頭からはそれ以上に、沖本の件が離れなかったのだ。

記憶から、手から、あの感触が離れなかったのだ。

あんな事は、もう御免だった。

武巳は唇を噛む。

迷う。

稜子を見詰める。稜子の体温を、肩に置いた両手から感じる。

「……分かった」

そして数秒の逡巡の後、武巳は口を開いた。

「分かった。でも、やっぱり稜子は行かせられない」

「武巳クン……」

「駄目だ、行かせられない。どうしてもって言うなら——おれが、行く」

武巳は言った。

言いながら、手が震えた。

しばし、時間が止まった。

「…………」

「…………」

稜子は目を丸くして、武巳を見ていた。

やがて稜子が、口を開いた。

「…………うん、分かった」

稜子は言った。

「武巳クンがそう言うなら、わたしは保健室には行かない。それでいい？」

「……ごめん」

「ううん。いいよ」

稜子は首を横に振った。

武巳は安堵した。申し訳なさに、潰されそうだった。


…………………

3

その、朝の教室で起きた騒動は、それほど大きなものでは無い。

事実、救急車も来なかったその事件は、現場で起こっていた事の異常性を除けば、せいぜい貧血で倒れた生徒が出たという、その程度の騒ぎでしかなかった。

現に亜紀などは気付きもせずに一限を受けていたほどで、無関係な殆どの生徒は事件の存在を知る事さえ無かった。一部の授業開始は遅れたが、それでも異常と呼べるほどでは無く、たまにあるちょっとしたハプニングが起こったと、そのくらいの認識で済ませられる程度のものだった。

しかし、一限が終わってから、亜紀達が密かに、稜子から相談を受けた頃。

すでに事件は、生徒達の口に上り始めていた。

それは、急病人が出たという話では無く。

明確に、例の事件を〝携帯の噂〟として語る――そんな話だった。

「……わかった。だが協力は有難(ありがた)いが、近藤の意を汲(く)むならば止めた方がいい」

二限が終わった休み時間、こっそりと亜紀達と会いに来た稜子の話を聞いて、空目が開口一番に言ったのは、そんな台詞(せりふ)だった。

文芸部部室。昼休みでも無い、決して長くは無い休み時間にわざわざ戻って来て行われたこの話し合いは、一限の休み時間に亜紀が稜子からのメッセージを受け取って、その結果としてセッティングされたものだった。

稜子の用件は、朝の教室で起こった、あの事件についてだ。稜子はあそこで見たものを亜紀達に伝え、何が起こったかを説明し、そして武巳の件にも触れて、保健室にいるユリという少女について何とかできないかと、相談を持ちかけて来たのだった。

武巳が〝魔女の使徒〟だと断言した、養護教諭。

保健室に運ばれたユリは、まだ戻って来ていない。

それらについて話した稜子は、もしユリに何かありそうなら、どうにかして欲しいと亜紀達に言った。そして「できる事があるなら何でもするから」と稜子が付け加えた時——空目は冷静な目を向けて、稜子の申し出をそう言って切り捨てたのだった。

「近藤の言う事は正しい。身の安全を一義に考えるなら、今の状態は危険だ」

「う……」

断言する空目。稜子が言葉を失くした。

パイプ椅子の上で腕組みし、足を組んだ空目は、同じく椅子に座った稜子を、静かに見据えて言った。

部屋には村神とあやめが居るが、村神は無関心げに壁に寄り掛かって、窓の外を眺めているばかりだった。あやめは例のごとく部屋の隅に座ったまま何も言わず、人形のように物憂げな表情。そんな中で囲まれて、稜子は縮こまっている。

「恭の字」

亜紀は、口を開いた。

「でも、稜子の協力は大きいよ。稜子の社交性、私らには無いから」

人間関係の地力が違うのだ。亜紀としてはここで稜子に外れられるのは、非常に困ると考えていた。

「その通りだ。だが、それは尚更危険という事でもある」

それに対して、空目は言う。

「日下部が〝噂〟を集めれば集めるほど、そこに本物の〝怪異〟が含まれ、巻き込まれる確率は上がる。今回の事件で日下部の友人が被害者だったのは偶然とも言えん。日下部が〝噂〟を集めたため、友人達との間でたくさんの〝噂〟を共有する事になった。そのために必然的に確率が高まった可能性がある」

「…………」

しゅん、と肩を落とす稜子。それはそうだろう。やや遠回しにではあるが、自分のせいだと言われたようなものなのだ。

「恭の字……」

亜紀は、困った表情で空目を見る。

言っている事は解るのだが、これでは稜子を放逐せんばかりだ。

「日下部の協力は有難い。だが、何を大事と考えるか、一度よく考えてみた方がいい」

それでも、空目は言う。

「考えた末の決断ならば、何も言わん」

「…………」

稜子は俯く。亜紀は何かフォローを入れようとしたが、何も浮かばないまま、口を噤むしか無い。

数秒の、沈黙が部屋に降りた。

そして空目が、話題を移そうとしたか、口を開きかけた、その時だった。

「……あのね」

稜子が、口を開いた。

「あのね、うまく言えないんだけど……もう答えはわたしの中で決まってるの。でもそれは魔王様が言うような考えとか、そういうのじゃないかも知れないんだけど――――でも、答えはあるの。言っていい？」

俯いたまま、言葉を考えながら、しかしはっきりとした言葉で言う稜子。それに割り込まれた形の空目だったが、特に気にした様子も無く、表情も変えないまま、黙って稜子に先を続けるよう促した。

稜子は、話し始めた。

「それってね、武巳クンにも言われたの。危ない事には近寄らないで欲しい、って」

「でも学校に居る限り、危ない事には変わりないと思うの」

「おそらく、その通りだろう」

危険を肯定する空目。しかし稜子は、それでも続ける。

「でもね、そうも思うんだけど、そんなの全然関係ないの。友達って、そういうものじゃないと思う。わたしが魔王様を手伝いたいと思うのも、武巳クンの言ってる事を尊重しようと思うのも、みんなが大切なのも、全部同じくらい本気なの。でね、おんなじくらい本気の中で、何となくバランスを取って、何となく、でも本気で自分の一番いいと思う事を選んでるの」

「……」

「大事な順番とか、関係ないの。そういうのが友達だと思うの」

稜子は言う。

「一番大事なのは何か、とか、危険と天秤にかけるとか、そういうのはどうでもいいの。それがわたしにとっての友達」

言葉を探しながら、稜子は訥々と言う。

「だからね、わたしは魔王様を手伝うの。武巳クンには内緒だけど、それは武巳クンの言った事に逆らったんじゃなくて、わたしなりの尊重なの。わたしは今の武巳クンが言ってる事にはちょっと賛成できないけど、そう言ってくれる事は嬉しいし、そう言う武巳クンの決心に水を差したく無いと思ってる。第一、武巳クンがそこまで言う事になった道筋が、わたしはすごく良く判るから。武巳クンと魔王様の言ってる事は似てるけど、そこがちょっと違う。

魔王様の言ってる事は正しいのかも知れないけど、そういうのが無いの。だから武巳クンの言う事は嘘でも尊重するけど、魔王様の言う事は、ただ聞けない。ごめんね。それに、武巳クンは尊重してあげないとダメだけど、そういうの、魔王様には必要ないよね。だから、はっきり言うね――あなたの言う事は、聞けません」

そう言うと、稜子は表情を引き締めて、空目を真っ直ぐに見た。

亜紀ですらあまり見た事が無い、毅然とした稜子の表情だった。

再び沈黙が降りた。空目は自分を正面から見詰める稜子を、じっ、と冷徹に見返した。

「…………」

沈黙が過ぎる。時間の経過と共に、稜子の毅然とした表情が、徐々に不安に取って代わられて行く。そんな時間が、しばらく続いた後、やがて空目は、静かに口を開いた。

「判った」

空目の返答は、それだけだった。ぱっ、と稜子の顔が明るくなった。

亜紀は安堵と、そして小さな不安への、複雑な溜息を吐いた。空目は、もう結論の出たその話題は忘れたかのように、それ以上は触れる事なく、淡々と話題を次へと移した。

＊

「さて、ともあれ〝携帯の噂〟の実例が発生してしまった」

空目がそう言って、話し始める。

「警戒していた状況の一つだ。状況から考えるに、これが〝魔女〟の手によるものでは無いという可能性は、限りなく低い」

「……まあ、そうだろうね」

亜紀も同意して、頷いた。

「急速に発生して広まった〝携帯の噂〟は、噂を集めていた日下部の友人に結実したと言っていいだろう。携帯への着信によって異常をきたしたというその事件は、目撃者が教室ひとつ分の生徒で、しかも状況を把握しているのはその中でも一握りであるにも拘らず――加えて言えば実際に〝番号の無い着信〟だったかどうか誰も確認していないにも拘らず、既に〝携帯の噂〟として広まっている」

空目はそこまで言って、一拍置く。

「携帯が〝何か〟を受信してしまい――気が狂った女の子がいる、と」

「…………」

稜子が、微かに表情を歪めて俯く。

これは前の休み時間、亜紀が稜子から事件の話を聞いた前後には、既に噂として出回っていて、亜紀の耳に入ったものだった。

授業を一つ挟んだだけの短時間のうちに、しかも他の可能性を一切飛ばしていきなり〝携帯の噂〟として断定されている状況は、流れを追っている亜紀達から見れば明らかに普通では無かった。目撃談よりも先に断定の〝噂〟が流れ、ゆるやかに本物の目撃談と溶け合っているような、そんな印象がある〝噂〟の流れ方だった。

「要するに、操作されている〝噂〟という事だな」

空目は断定する。

「あの〝魔女の使徒〟達の役目の、半分以上はそのためのものだろう。複数の〝使徒〟が生徒の中に潜り込み、〝魔女〟の目的に応じる形で〝噂〟を操作する」

嫌な感じだ、と亜紀は思った。

「人数の居ない私らじゃ、手が出せないね」

「その通りだな」

頷く空目。

「あの『花壇』もそうだが、情報戦では相手にならん。何とかするつもりなら、全く別の手段を考えるしか無い」

「……」

無感動に言い切る。そして腕組みしたまま深く椅子に寄り掛かり、体重を掛けられたパイプ椅子が、ぎしりと軋む音を立てた。

「……ねえ、この〝携帯の噂〟、どういう目的だと思う？」

亜紀は訊ねる。

「目的か。今のところ言えるのは、類推材料だけだな。この〝携帯の噂〟そのものの、主体となる部分さえ、まだ分かっていない」

空目は答えた。

「主体となる〝怪異〟の核が『携帯』なのか、『電波』なのか〝霊〟なのか――――それとも俺達の知らない要素がどこかで語られているのか、今のところ全く不明だ。現在〝発病〟しているのは日下部の友人ただ一人だが、ひょっとするとまだ誰も知らない『何か』を、彼女だけが知っていて、それが原因で〝発病〟した可能性も捨て切れない」

そう言うと空目は、静かに思案するように目を閉じる。

「だが――――強いて類推するなら、現段階では『電波』が最も可能性が高いな」

そして空目は目を開けると、言った。

聞いた稜子が、きょとん、とした表情をした。

「電波？」

「そうだ」

空目は頷く。

「この『電波』というキーワードは、実は心霊研究においても、超能力などを扱う超心理学においても外せないものだ。

電波というものが発見され、実用されるようになって以降、電波は興味深い事に超常現象と絡めて語られ続けている。電波は見えず、感じず、壁すら抜ける形の無い存在だ。だがテレビやラジオなどに見られるように、そんな不可知の存在なのに、明確に情報を有しているという不可解な存在だ。このような特性が霊と同一視されたのか、本格的な研究もされ、明示の形では無いが、怪談や都市伝説にもモチーフがある。死者からの電話、ラジオ音声に混じる声、テレビに関する怪談など、類話にも事欠かない」

空目は言う。それを聞いた亜紀も幾つか、すぐに思い当たる怪談があった。

「……ああ、あるね。ラジオをかけたまま心霊スポットを通りかかると、ラジオから幽霊の声がするとかいう怪談が」

亜紀は言う。

やはり思い当たったようで、稜子も言った。

「あ、わたしも、それとおんなじ話を携帯で聞いた事あるよ。携帯で話しながらお墓の近くを通った時、通話の音に急に変な声が――――っていうの」

空目はそれらの話に、まとめてひとつ頷く。

「そう、そういった話は実に古く、無線やラジオなど、電磁気通信技術の出現と、ほぼ同時に発生したと言っていい。これらは、心霊譚の研究では『死者からの電話』、心霊研究においては『電子音声現象』などと呼ばれて、一つのカテゴリを持つほどに報告や研究が多く、大きなジャンルとして扱われている。

古くは発明王エジソンも、死者と話をするための電話を作る事ができると信じ、研究もしていたという。そして二〇世紀初頭から現代にかけて、多くの技術者が、無線技術を応用して霊の声を『受信』するための装置を作ろうとしている。

エジソンの研究の後、研究は磁気テープに幽霊の声を録音するというタイプの『電子音声現象』実験に受け継がれる。これは比較的盛んな研究だったようで、有名な研究が多くある。中でも有名なものとしては、幽霊の声を録音する実験を行って十万以上の不可解な〝声〟を録音した、心理学者コンスタンティン・ローディヴの研究で、彼の研究以後、このタイプの『電子音声現象』は『ローディヴ音声』と呼ばれるようになった。そしてこれらの技術を使った『交霊会』も行われて、言うなればこのジャンルは最新技術を使った〝霊媒〟であると解釈する事もできる。

一九八〇年代には、電子工学専門家にして霊媒という肩書きを持ったウィリアム・オニールと、技師のジョージ・ミークの二人が、そういう機械を作った。その機械は『スピリコム』という名を付けられて設計図も公開されたが、当のオニールだけがそれで霊の声を聞く事ができて、他の者は成功しなかったそうだ。こうなると完全に道具が違うだけの単なる霊媒か、さもなくば怪談の領域だな。その発展という訳では無いだろうが、今は『スピリットボックス』と呼ばれる、幽霊と会話するための装置が普通に売られている。これは見た目からしてそうだが仕組み的にはラジオの一種で、霊の声を拾えると考えている周波数の電波を受信して音声にする。科学的なゴーストハンティングの道具とされているようだが、私見では自然の〝ゆらぎ〟に意味を読み取ろうとする『電子コックリさん占い』とでも呼ぶべき領域を出ていないと考えている」

「ふぅん……」

亜紀はそこまでの説明を聞いて、近くに置いたバッグから自分の携帯を取り出し、ぶら下げて見せた。

「……まあとにかくつまり、この『受信装置』で、霊媒師みたいに霊の声が聞ける可能性があると、そういう解釈なわけね？」

「ああ」

「これが、『交霊装置』ねえ……」

「実際に携帯電話を使った降霊術のようなものも、都市伝説にある」

空目は言って、足を組み替える。

「ともかく――少なくとも、現在『電波』というものは〝霊〟を運ぶ、あるいは〝霊〟そのものと考える者が、大衆の直観として、また専門家の中にも、相当数あるようだ。だがこの考えは、『妄想』の世界と面白い符号をしている。

重度の精神病者が抱える妄想として、『電波』が聞こえる、感じる、受信する、照射されているといったものは比較的ポピュラーだが、当然これらの妄想は電磁気技術の出現以前は存在しなかったものだ。つまり『電波』という見えないものが知れ渡り始めたと同時に、精神病者がその得体の知れないものを、自らの幻聴、幻覚、妄想症状などの原因として認識するようになった。

だが電磁気技術以前にも当然だが同じ病は存在していて、そんな過去において、病者が症状の原因と信じたのは『霊物』だった。霊魂、妖怪、神仏、かつては精神症状の原因としてそういったものが病者の口から語られ、病者は妄想の中で〝霊〟に囁(ささや)かれ、見え、見られ、取り憑(つ)かれ、呪われた。つまり、これらの〝霊〟こそが、かつての『電波』そのものだったという事になる。

そういう意味では、〝霊〟と『電波』は、同じものと言っていい。かつて人と狂気とを繋いだものが〝霊〟だったように、現代は『電波』が繋いでいる。そしてこの妄想の中に〝本物の

〝怪異〟が混じっているのだとしたら――この『電波』とは、〝怪異〟が変形したものと言える。かつて、そして今も人間が『受信』してきたものが、機械も『受信』するようになったという、時代に合わせて変質した、〝怪異〟そのものだ」

そして静かに、空目は論を締めくくる。

「〝怪異〟ならば――それは、〝魔女〟の領分だ」

そう、結論する。

ずっと神妙に聞いていた稜子が、不安な表情で、空目を見た。

「それじゃあ……ユリちゃんは、どうなるの？」

「不明だ。今のところ、命に影響する風では無いが」

空目は僅かに眉を寄せる。

「だが、保健室の教諭が〝使徒〟だというのは気になるな。一度なんらかの手段で、確認に行く必要があるかも知れん」

「お願い……」

そう話が進んだところで突然、ずっと黙っていた村神が、もたれ掛かっていた壁から、ゆっくりとその身を起こした。

静かな動作ではあったが、狭い部屋で村神の体躯はそれだけで存在感があり、皆が思わずそちらを見た。

「……どうかした？　村神」

その突然の挙動に、亜紀は思わず訊ねた。今まで話に興味がある素振りさえ見せなかった村神は、あの仏頂面で亜紀を見返す。

「行くんだろ？」

そして一言、当たり前のような調子で口を開く。

一瞬、亜紀は何を言われているのか、判らなかった。

「はぁ？」

「行くんだろ？　保健室。行くなら今だ」

「なるほど、そうだな」

空目も立ち上がる。

「確かに今だな。今なら生徒が少ない。人目が無い」

「ちょっ……」

展開の速さに、亜紀は戸惑う。

時刻は、三限が始まろうとしていた。


………………

4

遠く聞こえるのは、ほぼ教師の立てる音ばかり。

人の気配に満ちていながら静かな、授業中特有の静寂。そんな奇妙に人工的な静けさが広がる廊下を、村神俊也は眉を顰めて歩いていた。

目指しているのは保健室。同行するのは、空目とあやめ。

稜子は遅れて、三限の授業へ行った。そして亜紀は一人、部室に残して来る事になった。

敵地の可能性が濃厚な場所に、わざわざ亜紀を連れて行く道理は無かった。亜紀は理性で納得して平静な顔をしていたが――――その内心穏やかでは無い事は、俊也にはまさしく手に取るように解った。

かつての自分も、同じ状況ならそう思っただろう。

皮肉な事だ。そんな事を全く思わなくなった今、俊也は初めて、こうして空目と共に歩く本当の資格を得たのだから。

空目を守ろうとか、誰かを守ろうとか――――そんなものを全て捨てた、今。

全て捨てた。俊也はあの『夜会』の夜、自分をずっと縛っていた情動の正体に、気が付いてしまったのだ。

それは幼い頃に仕込まれた、自分の力への恐怖と忌避だった。

俊也は子供の頃から容易に人を屈服させ、ともすれば殺害しかねない恵まれた肉体と技術を持っていたが、その技術を物心付く前から仕込んだ叔父は、同時に〝武道〟というものを元にしたくびきを俊也の中に刷り込んでいたのだ。

曰く、強い者は人を傷付けてはならない。

曰く、強さなど、誇るべきものではない。

曰く、肉体の強さは、真の強さではない……

その戒めはある意味当然であり、また理性が育った大人ならば理念として意味があった事だろう。しかし習い始めた頃、実に三歳だった子供の俊也にとっては、その戒めは理性より先に本能へと刷り込まれ、何度か喧嘩（けんか）で他人を叩きのめす経験を経て、とうとう他人が傷付く事への本能的恐怖にまで育ち上がっていたのだった。

それは半ばコンプレックスとなって、子供の俊也の中に密かに存在し続けた。

己の肉体が強いというコンプレックス。精神がそれに及ばないというコンプレックス。そして俊也はそのうち、そんな自身のコンプレックスとは対極の位置に在る、空目恭一という少年に出会い、俊也はその在り方に強く惹かれた。

感嘆。興味。憧れ。無意識のうちに、自分の忌避する身体の強さとは真逆である、その脆弱な肉体に宿っている強い精神を己への鎖にしたかったのかも知れない。今となってはどうでもいい。当時は気付きもしなかったが、そのような他人への依存は、空目の在り方とは対極にあるものだと、今ならば理解できる。

あの『夜会』の夜に、あの魂の狂乱の中で、全てに気付いた。

今はもう、空目に友人であるということ以上を求める必要は、無かった。

距離ができた。だが今以上に、空目を理解した事は無い。一種の狂気。目に見えるあらゆるものの不安定さ。自身が定義しなければ世界の全てが形を失う危うさ。あの〝異界〟で全てを経験し、くびきの遙か奥底に押し込めた古い情動に縋った後に蘇った俊也は、初めて空目と同じものを見て、初めて同じ場所に立ったのだった。

今なら、理解できる。

空目が、あの〝異界〟と呼ばれる世界に抱いている郷愁を。

あの〝異界〟との接触で、現実に対する現実感を失った今。

あの狂った世界こそが、全ての狂った魂の故郷である事を。

今なら、理解できる。

　そして俊也も、感じるのだ。

　俊也なりの、〝異界〟への待望を。

　それは空目の抱いているものとは違う、何年も待った空目が感じているような、遠い故郷への郷愁では無く――

「……何だろうな、この感覚は」

　俊也は、呟いた。

「どうした？」

「いや、何でもねえ」

　空目の問いにそう答えた俊也は、そのまま大股に足を進めた。

　本当に皮肉なものだ。あれだけ空目に執着していた時には得る事ができなかった、空目の持つ〝異界〟への認識。それをまさに得た瞬間、この現実にあるものが、殆ど全てどうでも良くなった。空目への執着もそれに含まれていた。

　心が〝異界〟に捕らわれた。

　柳田國男（やなぎたくにお）が言った『神隠しに遭いやすい気質の子供』とは、こういうものだろうか。

　時折、ただぼんやりと〝そちら〟へ意識が向く。

現実では無い、〝向こう〟の世界へと。

「…………」


俊也はやがて、黒いドアの前に辿り着き、立ち止まった。

見上げた。壁から『保健室』と書かれたプレートが生えていた。

俊也の後ろに二人が立つ。無表情な空目と、そして表情を引き締めたあやめが。

「行くぞ」

言うと俊也は、くすんだ鉄の色をしたドアノブに手をかけた。空目が頷き、俊也は鋭く目を細め――――数瞬の間を置いた後、無造作にノブを回すと、挨拶も無しに勢い良くドアを開け放った。


「――――やあやあ、随分と早かったね」


場違いなほど明るい男の声が、俊也を迎えた。

「あ？」

「僥倖僥倖。我等が〝魔女〟も大層お喜びになるに違い無い。随分と君達の成長を気にかけていらっしゃったようだからね」

露わになった保健室の正面、本来ならば養護教諭が座っている筈の事務用椅子に腰掛けていたのは、俊也も見た事のある男、〝高等祭司(ハイ・プリースト)〟赤城屋一郎だった。

赤城屋は笑みを張り付けて、そのひょろ長い足を高々と組んだ、ひどく芝居がかった動作で俊也達を迎えた。その脇に立つのは白衣の養護教諭。誰がこの場の主人であるのか一目で判る配置をしていた。

「ようこそ。この〝高等祭司〟赤城屋一郎の本拠地へ」

「…………」

赤城屋は過度に抑揚を付けた声で言った。

「とりあえず、入りたまえ。あまり外に聞かれたい話でもないでしょう？」

「…………」

その提案に、俊也は無表情に従った。

かつての俊也なら、罠(わな)に誘われた気がして、躊躇しただろう。しかし昔はあれだけ危なく思えた空目と同じ無造作さで、今の俊也は『異界』の存在へと対していた。

消毒液か何かの匂いがする室内に、俊也は平然と踏み込む。

空目とあやめがそれに続き、空目がドアを閉める。

「素直で結構。実に結構」

赤城屋は大きく腕を広げ、満面に作り物めいた笑顔を浮かべる。そしてバネ仕掛けのように椅子から立ち上がると、そのままピエロの人形のように大仰に胸に手を当てて、深く深く一礼した。

「……では改めて、ようこそ。人の側の魔王陛下。そしてその御一行様。君達とは一度話をしてみたいと思っていたのですよ」

赤城屋は言った。

空目が開口一番言った。

「ここに運ばれた女子生徒はどうした？」

「ああ、彼女に御用でしたか。それは残念。一足遅かったですねえ」

くっくっと笑う赤城屋。

「遅かったとは？」

「おやあ、最悪の想像をしましたか？　いやいや、ハズレです。寮に帰って、お休み願っただけですよ」

「……」

「世の中には順序というものがある。そして相応しい分というものがあるのです。ああ、偉大なる〝魔女〟の軍勢による大攻勢！　しかしその始まりを知らせる狼煙(のろし)は夜上がる。誰もが身構える白昼の角笛では無い、音も無き闇夜の狼煙が戦を告げる！　詩的ですらあります。美しい世界は、美しく悪に喰われるのです」

朗々と謳い上げる。俊也は退屈そうに鼻を鳴らすと、無造作に赤城屋に歩み寄り、その胸倉を掴み上げた。

「茶番はいい」

「……詰まらない男だなあ、君は」

足が床から浮きそうなほど吊り上げられながら、赤城屋は恫喝する俊也を、眼鏡の向こうから白けた表情で見やった。

「うるせえよ。いつの間に教師なんぞ巻き込んだ。何匹に増えたんだ？〝使徒〟は」

「失礼だなあ、最初からですよ」

俊也の問いに、赤城屋は隣に立って瞬きするだけの蠟人形のように動かない養護教諭に目をやると、そう答えた。

「……何だと？」

「私の〝カヴン〟には最初から二人の教師が居ましたよ。〝向こう〟へと心を奪われ、〝魔女〟の呼び声を聞いた者は生徒だけだと思いましたか？　そんな事はありません。現実に対して心に欠損を抱えた者は、誰でも〝呼ばれる〟素質があったのです。残念ながら〝使徒〟は最初の数から増えていません。何故なら〝魔女〟は、人間が好きなのです」

吊られた姿勢のまま、赤城屋は肩を竦め両腕を広げた。そのおどけた動作に俊也は冷たく目を細め、覗き込むように、赤城屋へと顔を近付けた。

「……ずっと考えてたよ。お前らをどうすれば退治できるかってな」

低い声で、俊也は言った。

「たぶん殺せば死にますよ。赤名(あかな)裕子(ゆうこ)のようにね」

へら、と赤城屋は笑った。

「赤名……？」

「そう、化物を狩らんとした、あの小さな猟犬の活躍は見たでしょう？」

「！」

俊也は不快に眉を寄せた。俊也は思い出す。

パレットナイフを振りかざした猟犬、水内範子(みずうちのりこ)とその犠牲者の事を。

赤城屋が『小さな猟犬』と呼んだ少女によって、偽物として刺し殺された少女と、目の当たりにしたその光景を。今の俊也に刺さる、数少ない棘(とげ)を。

「………‼」

「そう、人間型のものを殺せば、それは殺人となりますがね」

赤城屋は笑う。

「我々が化物である。その事実が妄想で無いという保証はどこにありましょうか？　世界は常に、あるべき形に是正される。化物なんて居ないなら、そこには一つの人間の死体しか残らない。認識の問題です」

そして逆に俊也の顔を覗き込み、囁くように言う。

「そうして魔狩人は、殺人者に」

「……なるほどな」

「両者が同じである事は、歴史が証明していますよねぇ？」

くくくと赤城屋の喉から笑いが漏れた。確かに正しい。化物など、『現実』のどこにも居なかった。少し〝黒服〟の事を思い出した。少しそれらについて考えたが、やがてすぐに、どうでも良くなった。

「現実とは作り物で、世界は演劇ですよ、狼人」

笑い、赤城屋は言葉を続ける。

「楽しもうじゃありませんか。現実と、妄想と、非現実の間を」

俊也は相手にせず、赤城屋を吊り上げる腕にさらに力を込めた。ぐう、と赤城屋の声がぐぐもるが、顔は張り付けたように笑っている。俊也は何も言わずに、赤城屋をただ静かに締め上げる。

それを無表情に見ていた空目が、口を開いた。

「無駄だとは思うが、一応確認しておく。日下部の友人を見逃す気は無いな？」

その抑揚のない問いに、赤城屋は対照的な抑揚で答えた。

「当然答えは一つです、魔王陛下。この学校に居る者は、君達以外は全て平等に〝魔女〟の手が触れる権利を持っています」

「そうか」

「そう、彼女は狼煙だったのです。もう上がってしまった。誰にも止められない。後は次々と戦場に火が上がるのを、指をくわえて見ているしかないのですよ」

赤城屋は俊也に吊られたまま無理に首を傾け、空目を見る。

「さあ――――どうしますか？　魔王陛下？」

赤城屋は言った。

「あなたの周りの誰かにも、すぐに火が点いてしまうかも知れませんよ？」

嘲笑うように、赤城屋は口調を歪める。

あからさまな挑発。だが空目は微かに鼻を鳴らした。

「下らん」

一蹴。

「やはりお前は茶番だ。可能性など人質にはならん」

空目はそれだけ言うと、もう用は無いとばかりに静かにきびすを返した。

「日下部の友人については確認した。もう用は無い」

「あ……」

慌ててあやめが空目を追う。そんな空目の黒い後ろ姿に目をやって、俊也は微かに口元に笑みを浮かべる。

「それなら俺も、もう用は無えな」

俊也はその刹那の笑みを跡形もなく顔から消すと、吊り上げた赤城屋の体を乱暴に放り出した。突き飛ばされるような形になった赤城屋はたたらを踏んで、そしてあの芝居がかった動作で、持ちこたえて一礼する。

「……やれやれ。ごきげんよう、魔王陛下。いいんですか？　誰かに火が点いてから焦っても遅いですよ？」

赤城屋は部屋を出ようとする空目の背中に、そう声を投げかけた。

空目はドアに手をかけて、そんな赤城屋を軽く振り返って返答した。

「事実上〝噂話〟の駆除は不可能だ。ならば、それに当たる事は必然の事故に等しい」

「……は？」

「事故ならば誰にでも起こり得る。そう考えれば、事故に遭う可能性は世界中の人間にあるという、それと同じ事になる。ならば――――そんなものを怖れるのは全くナンセンスだ。起こる事故の内容が初めから判り、起こる人間の範囲が決まっているという、ただそれだけの違いでしかない。人間が、『いつか死んでしまう事』を怖れるくらいに馬鹿馬鹿しい。『いつか起こる確実な死』は、最早『ただの死』でしかない」

言い切る。そして空目は保健室から立ち去るため、ドアを開け放った。

　空目の言葉を聞いて呆然とした顔をしていた赤城屋は、やがて肩を落として真顔になり、溜息を吐いた。

「……その割り切りの方がよほど異常ですよ。魔王陛下」

　言って再び、大袈裟に肩を竦めて見せた。

「なるほど、同族を揶揄っても詰まらないものですな。私はやはり、哀れな何も知らない者達を揶揄うとしましょう」

　俊也達は、保健室を出る。

「そしていずれ魔女の宴の薪となる者達にその運命を告げて、恐怖と不安で右往左往するのを眺め、私は楽しむ事に致しましょう……」

　俊也は乱暴に、ドアを閉める。

「…………………」

　ドアの閉まる音とともに赤城屋の声が閉ざされ、廊下に例の静けさが広がった。

　空目は何事も無かったかのように廊下を歩き出し、あやめがそれに小走りで続いた。

　俊也は大股に歩いて追い付き、空目に並んだ。空目は前を向いて歩きながら、その俊也へと話し掛けた。

「……日下部はおそらく、まずい事になるな」

「ああ」

俊也は頷いた。

「日下部の周囲には、もう〝感染〟が進んでいる筈だ」

「そうだな」

そうであろう事は容易に想像できた。だが可哀想だとは思うが、それだけだった。現実に対してごっそり興味が失せていた。今の俊也が見ているのは、これから稜子の周囲で起こるであろう、〝何か〟に対してだ。

これが空目の感覚なのだろう。

現実感に乏しく、代わりにあるのは、もう一つの世界への〝思索〟。

いや、正確に言うならば、それは俊也のそれとは違う。俊也は性格的に〝思索〟向きでは無い。あの『夜会』の経験が無ければ、きっと永久にこの感覚とは無縁だったであろう事は、断言できた。

空目とは違う、もっと、さらに後天的なものだ。

だから、俊也にとってのこの感覚は、〝思索〟では無かった。

多分、『神隠し』に遭って〝異界〟から帰還した例の多くに、『ばかになってしまった』と記される事例があるのは、これだろう。

そう、

ただ忘れられないのだ。

あの〝異界〟に深く触れた時の――

鮮烈にして、戦慄すべき、発火するような、〝感情〟の高まりを。

肉体が変化するかと思うほどの、感情の昂（たか）ぶり。

あれを知った以上、現実など燃え滓（かす）のようなものだ。

確かに、これは〝狼人〟だ。この感覚を知れば、森にでも駆け込みたくもなるだろう。俊也とて、意思に重きを置いてきた今までの価値観と生き方が無ければ、とっくにどうにかなっていたに違い無い。

それでも構わないという気はするが。

「……〝怪異〟に遭った奴らが、みんな俺達みてえになるなら楽なんだがな」

「無理だな」

俊也の呟きを、空目は一蹴する。

「それができるなら〝魔女〟を阻止する理由は無い」

「そうだな」

「それができるなら、今日の日下部の選択にも、諸手を挙げて賛成しても構わない」

言って、不意に眉を寄せる空目。

「そう、今日の日下部の決断は、人間の在り方としては正しい一つの形だ」

空目は、微かに不満げな調子を言葉の端に滲ませて言った。

「俺の考えでは、本来まともな人間は、いかなる状況であってもオカルトを自らの行動の原理にすべきでは無い。だが……」

「だが？」

「今回ばかりは、死地に向かうようなものだ」

「………だな」

俊也は廊下の窓から、ちらりと曇った外を見やった。

すっかり色褪せて見える燃え滓のような世界が、校庭の形をして、茫漠とそこには広がっていた。

三章　心より影、来る

1

トモがユリについての話を聞いたのは、一限が終わった後の事だった。

一限の授業が終わってからの教室移動中、突然駆け寄ってきた数人の友達にその話を聞かされた時――――トモは自分でもひどい話だと思ったが、心配よりも先に、思わず背筋が凍るのを感じてしまった。

あの〝携帯の噂〟は、今朝の登校中にユリから聞いたばかりだった。そのユリが例の〝番号の無い着信〟を受けて保健室に運ばれたと聞かされて、その時のトモは驚くと同時に、背筋に嫌なものが駆け上がるのを、どうしても感じざるを得なかったのだ。

その瞬間は頭が真っ白になって、数秒の間、ユリが無事かどうかという事に、考えが至らなかった。

だがトモにそれを伝えた女の子達に「保健室に行こう」と促され、トモはようやく気が付いて、保健室に走った。しかし保健室では門前払いを食わされ、ユリについても音沙汰が無く、トモは現在に至る。二限、三限と気もそぞろに授業を受け、また休み時間になり、トモは一階ホールの掲示板の前で、手帳を片手に、普段通り掲示物を見上げていた。

「……明日の四限は進路相談に変更、と」

呟きながら、掲示された授業予定を、トモは自分の可愛らしい手帳に書き込む。

何色ものボールペンで几帳面に書き込まれた手帳に新しい字を書き込みながら、しかしトモの思考は全く関係の無い、ユリの事で一杯だった。

ユリの事を聞かされて以降、今日のトモは、ずっとこのような調子だった。ずっと気にしていた。気になって仕方が無かった。ユリはどうなったのか、ユリは無事なのか、そしてユリは

——本当に、〝番号の無い着信〟を受けてしまったのか。

この学校は————『着信』しやすい。

それをトモに教えた本人の身をもって、それは現実になってしまった。

まさか、という思いと、それでもどこかで真剣に怖れている自分が居る。ユリがどうなった

のかと心配しながら、何があったのかを考えるのが怖かった。

一体、何が『着信』したのか。

それを受けるとどうなるのか。何と通話が繋がるのか。

携帯から、何が聞こえるのか。ユリは一体、何を聞いたのか。

物凄い悲鳴を上げて気を失ったというユリが、一体何を聞いてしまったのか、トモはできるだけ深くは考えないようにしていた。常に考えてしまうが、深く考えそうになるたび、想像しそうになるたびに、頭から追い払う。だが、いくら考えを追い出そうとしても、ついついユリが語った『怪談』を思い出してしまう。いくつもいくつも。それにユリが保健室に運ばれてしまった事で、怯えとも興奮ともつかない状態になった友達は、みんなその話題一色で、ユリからは聞いた事が無かった似たような怪談をいくつも聞かされる羽目になった。

今日は気味が悪くて、携帯に触るのも、身に着けるのも避けていたほどなのに。

皆、平気なのだろうか。大体どこからそんな〝噂〟を聞き込んで来るのだろうか。そう言えばユリは、あの〝携帯の噂〟を、誰かから聞いたと言っていた。誰からだっただろう。気になって思い出す。確か、所属している委員会だ。保健委員の先輩と言っていた。そう、赤城屋とかいう先輩だ。

変わった名前なので憶(おぼ)えていた。

変な人だが、剽軽(ひょうきん)で人気があるとも聞いた。

だがトモには関係ない。おかげで嫌な話を聞かされた。

……と、ここまで考えて、トモは晴れない気分で手帳を閉じる。今頃ユリはどうしているだろう。まだ保健室だろうか。実は重症で、病院に運ばれたりしていないだろうか。こうも音沙汰が無いと、流石に本気で心配になって来た。

実のところ、何があったのかトモには全く判らない。

噂ばかりが耳に入って、それはトモをどこまでも不安にさせる効果しか無い。

保健室には、診てもらう用事の無い者は来るなと言われている。トモにとっては忽然と、噂とともにユリが消えてしまったように感じる。

「…………」

神隠しにでも、あったかのように。

考えれば考えるほど、不安が募る。

そしてトモが、気分が悪いと嘘をついて、保健室に行こうかとまで考えた時だ。

「わあっ！」

突然鳴り出した着信メロディーに、トモは飛び上がった。肩に下げたバッグに仕舞い込んでいた携帯が、着信を知らせて鳴り出したのだ。

「…………っ!!」

心臓がバクバク鳴っていた。状況が状況なので、バッグの奥から聞こえているくぐもったメロディーを聞きながら、それを取る事に躊躇が走った。

できるなら取りたく無い。見たく無い。しかし無視する訳にもいかず、トモは心臓の辺りに嫌な重さを感じながら、のろのろと震えが残る手でバッグを開けて、鳴り続ける携帯を取り出した。

もし番号が表示されていなかったら――――と、想像して怖くなったが、しかし表示を見た瞬間、そんな不安は吹き飛んだ。番号では無い、携帯の画面には、丁度案じていた友人の名前が表示されていたのだ。

着信――――『谷田由梨（たにだゆり）』

ユリだ！　慌てて電話に出た。

飛び付くように話し掛けた。考えないように堰き止（せと）めていた不安と心配が、電話があったという穴によって、いともあっさりと決壊する。

「ユ、ユリちゃん!?」

手が震えるほどの興奮状態で、トモは電話の向こうに話し掛けた。しかし、トモが強く耳に当てた電話の向こうからは、沈黙と砂を流したような微かなノイズが、しゃーっ、と漏れ出すばかりだった。

「……ユリちゃん？」

思わず声のトーンが、沈む。

不安の黒雲が、音も無く胸の中に広がって行く。

電話からは返事が無く、ただノイズばかりが漏れ出している。こちらが発した声は、まるで底の無いノイズの海に吸い込まれてしまったかのような、そんな錯覚を感じる。

電話一つを挟んで、ノイズに満たされた、何か異様に広大な空間と接したような、そんな感覚が頭の中を支配した。耳に当てた小さな機械の向こうに、何か無機質で静謐(せいひつ)な空間があるという感覚を、ありありと耳に感じた。

電話の向こうに、この世のものでは無い世界。

異次元。異界。あるいは——死の世界。

「…………」

不意に、思い出した。

ユリの話していた、怪談を。

死者と繋がった、電話の話を。

しゃーっ、と静かなノイズが、ただ耳に流れ込んだ。

「ユ……ユリ……ちゃん……？」

不安が徐々に冷たい恐怖となって、身体の内側に広がった。

返事をして欲しい。電話の向こうに居るのが、友達であると言って欲しい。

「ユ……」

そして何度目かの、その名前を呼ぼうとした、その時だった。

ユリのものでは無い澄んだ少女の声が、突如耳元ではっきりと、ある言葉を囁いたのは。


「―――――い、い、ともだちが―――――く、い、るよ」


ざわっ、とその声を聞いた瞬間、背筋に凄まじい悪寒が走った。

そして次の瞬間にはぶつっと通話は切れ、後には短い発信音が残り、やがてそれも切れて、消えた。

「…………………!?」

何があったのか全く判らなかったが、それでも耳に残ったあの声と、体に残った凄まじい悪寒と鳥肌は、しばらく消えなかった。

トモは力が抜けたように携帯を耳から離し、しかし手から離す事は忘れたように握り締めたまま、まるで放心したように、ホールの片隅に呆然と立ち尽くしていた。

2

昼休み。

亜紀達が待っていた部室に、稜子が息せき切って飛び込んで来たのは、昼休みのチャイムが鳴ってから、間も無くの事だった。

「ま、魔王様！　ユリちゃんは……!?」

元々武巳の目が外れるこの昼休みに、空目達が調べた保健室の様子を聞きに来るという約束だった稜子。第一声も慌てた様子も、てっきりそれだと思ったのだが、しかし稜子の口にした用件は、それだけでは無くなっていた。

「稜子あんた、そんな慌てなくても、緊急だったら携帯に電話する筈だったでしょ？」

「ち、違うの……！」

亜紀の言葉に、息を乱した稜子は言った。

「それだけじゃ無いの。友達の携帯に、ユリちゃんの番号から変な電話が……！」

「！」

思わず顔を見合わせ、表情を変える亜紀達。

稜子がそんな亜紀達に説明したのは、稜子の友人である、赤木トモの受けたという、奇妙な電話の話だった。ユリの携帯の番号から掛かってきたそれは、奇妙に怪談じみていて、しかしこの学校の〝噂〟をずっと調べていた亜紀達が、それにも拘らず今までに聞いた事の無い新しい話だった。

「――――『ともだちが、くるよ』、か」

話を聞いた空目が、そう呟いて、思案深げに眉を寄せた。

「そ、そうなの。聞いた事の無い女の子の声で、そう言って切れたって……」

よほど急いでここまで走って来たのだろう。稜子は座り込む事もせず、椅子の背もたれに手を突いて、ようやく呼吸を整えて、そう言った。

「で、ユリちゃんの番号に掛け直したら、電波か電源が切れてるって……」

「なるほどな」

「それで慌てて保健室に行ったんだけど、やっぱり追い返されたって……」

稜子はそこまで言うと、大きく息を吐く。

「……」

亜紀は、深呼吸する稜子を見て、そして、空目を見た。

その稜子の友人が門前払いをくわされたという保健室の中がどうなっているか、実のところ亜紀は答えを知っていた。

すでに空目が保健室を見て来ている。そして空目は保健室から戻った後、亜紀にそこで見聞きした事を話していた。そして稜子の友達が、詠子達によって〝何かされている〟のではないかという亜紀の疑念に対して、『死んでいる』、あるいは『〝使徒〟のようなものにされている』などといった致命的な事態には、おそらくなってはいないだろうという見解を、既に空目は出していた。

亜紀としては、空目の言う事を疑おうという気は無かったが、同時にそれは空目らしからぬ楽観論にも聞こえてもいた。こうして稜子の話を聞くと、ますます稜子の友人の無事に対して懐疑的な思いが強くなって来る。

亜紀は、空目の表情をじっと見詰める。

しかし空目の白い貌は例のごとく無表情で、その下でどのような事を考えているのか、窺い知る事はできなかった。

「魔王様……」

そうしていると、ようやく落ち着いて来た稜子が、口を開いた。

「……保健室、どうだった？　ユリちゃんは？」

その問いに、空目は答えた。

「確かに保健室は、〝魔女の使徒〟の拠点だ。確認した」

「！」

息を呑む稜子。

「そ、そうなんだ……」

「だが日下部。お前の友人は寮に帰したと言っていたぞ。奴等は」

「えっ？」

その空目の言葉に、稜子は思いもかけない事を聞いたといった、驚いた表情をして、頓狂にも聞こえる裏返った声を上げた。

「ほ、ほんと!?」

「調べたか？　寮の、本人の部屋は」

「う……ううん……」

首を横に振る稜子。初めてそれに気が付いたといった様子。そしてそれから、はっ、と窓の外の寮がある方面に急に目をやって、椅子から手を離して立ち上がった。

「見て来る！」

「推奨しない」

「えぇ!?」

空目が出鼻を挫いた。稜子が驚く。

「行かない方がいい。おそらく当人は部屋に居ると思うが、場合によっては極めて面倒な事になる可能性がある」

表情も変えずに空目は言う。それを聞く稜子は足こそ止めたものの、表情はとてもではないが納得している様子では無い。

「でも……」

不満というよりは不安に近い表情で、稜子は空目に言い返そうとした。

しかし稜子の言葉が言葉になる前に、空目が追い討ちをかけた。

「もし何かあった場合、それは近藤の望む事態では無いぞ？」

「う……」

さすがに口籠もり、目を泳がせる稜子。

確かにその通りではある。稜子にとってはその二つは、どちらも悩むだけの重さがあるものだろう。

「…………」

稜子は唇を噛んで俯き、真剣な表情でじっと床を睨んだ。

その稜子の表情を見て、亜紀は感付いた。稜子はこのままでは間違い無く、止められてもその友人の部屋に行くだろう事に。

「あのさ……」

だが、亜紀がそれを指摘しようと口を開きかけた時、空目が小さく鼻を鳴らして言った。

「どうしても行くなら、あやめを貸す。連れて行け。少しはマシだろう」

「あ……」

それを聞いた瞬間、表情を輝かせた稜子が、ぱっと顔を上げた。

「あ、ありがとう、魔王様！」

身を乗り出して、稜子が言った。

「俺が禁じても納得せんだろう。止むを得ん」

その内容だけなら渋々といってもいい台詞を、空目は特に何の感情も乗せずに、淡々と口にした。

「だが油断はするな。念のために同行はさせるが、もし直接〝敵〟に遭遇した場合は、あやめはほぼ無力だろう」

空目はそう言って腕組みする。

亜紀が、稜子が、部屋の隅の椅子に座るあやめへと、思わず目をやる。

「！」

あやめは二人の視線に晒されて、長いスカートの膝を握り締め、気弱に俯いた。

亜紀はその様子を見て不安とは別の何かを感じ、思い切って口を開いた。

「……ねえ、私も付いて行こうと思うんだけど」

亜紀は言った。

だが空目はその亜紀の提案に、ほぼ即答で答えを返して来た。

「やめておけ」

「う……」

にべもない答え。

「前に同じ組み合わせで出かけた時、何が起こった？　無駄だ。万が一の場合を考えても人は少ない方がいい」

「う……うん……そだね、わかった……」

頭では納得して答える。だがその単純な否定に、亜紀は胸に微かに重い痛みを感じた。

稜子が腰を浮かせた。

「あ……じゃ、じゃあ……あやめちゃん、行こっか……」

妙にぎこちない台詞。どうやらこの空気から、何かを感じ取ったらしかった。

それに気付いた亜紀は、即座に椅子から立ち上がった。

「とりあえず、外まで送るよ」

「え……？」

どこか戸惑った声を上げる稜子に構わず、亜紀はさっさとドアへと歩み寄り、ドアノブに手をかけた。

「あやめ」

そんな中、空目があやめに呼びかけた。

「日下部を守ってやれ。俺の事は気にするな」

「えっ…………？　え……あ…………はい……………わかりました」

あやめは戸惑った声と表情でそう答えると、要領の悪い動作で椅子から立ち上がり、稜子と目を合わせてから、俯くように頭を下げた。

「よ……よろしくお願いします」

「うん、よろしくね。あやめちゃん」

亜紀はそれを横目に見ながら、入口のドアを開けた。

「ほら、行くよ」

そして亜紀は廊下の冷気を開いたドア越しに感じながら、淡々と抑えた声で、二人を入口に促した。

＊

「……じゃ、行って来るから」

「ああ」

亜紀の掛けた声に、ただ一言答える空目。

稜子とあやめを伴って、亜紀は部室を出て、そしてクラブ棟を出る。

曇り空の下の昼休みの校庭を、学校を出て女子寮へ行くため、正門へと向かう。

しかしこうして冷静に、平静に振舞ってはいるものの――――そんな亜紀の内心は、その実かなりの鬱積した状態に置かれていた。

――――どういう事？

ここ数日、亜紀は自分の周りの人間の状態が、理解できなくなっていた。

武巳の離脱を皮切りにして、亜紀の周りの人間関係は大きく変化していたが、あの〝魔女の使徒〟による『夜会』の夜を境に、亜紀は何かそれまでとは全く違う変化を、自分の周りに対して感じていた。

あの『夜会』で何かあったのか、亜紀は聞いている以上の事は何も知らない。

しかし何よりも不可解なのは村神の変化で、亜紀は特にその事に関して、何とも形容し難い鬱積した感情をすぐに抱く事になった。

村神は、最近ずっと持っていた、あの不安定さが全く無くなっている。

元々寡黙な村神だ。それは最初は違和感としか感じなかったが、あの夜から村神の言動はひどく落ち着いたものになり、今まで村神が根深く持っていた〝何か〟に対する不安や恐怖の類が、どういう訳か根こそぎ消失していた。

元から少なかった口数がさらに減り、しかしその言動に妙に迷いが無くなった村神。それは亜紀達にとって、ひいては空目にとって歓迎すべき変化である筈だが、にも拘らず亜紀は、そんな村神の変化に対して自分でもおかしいと思う、何とも割り切れない複雑な思いを抱く事になった。

何というか――――置いて行かれたような気分になったのだ。

二人に最初に会った時に、亜紀が見た強烈な存在感を持った空目と、当然のようにその脇に控える村神。二年になろうかという付き合いの中で、亜紀はその中に入り、二人の見え方も随分変わった筈だったが、しかしここ数日の二人を見た時、亜紀はそのかつての二人を見た時と同じものを再び感じていた。

それは急に輪の中からはじき出されたような感覚で、中に居た筈の自分の視点が急に通用しなくなったとでも言えばいいだろうか、とにかく亜紀はそれに気付いた時、何か失ったような気分になった。

自分だけ取り残され、皆が先に行ってしまったような。

少なくとも村神は、あの夜以来、明白に変わった。

気のせいか、村神はあれからひどく、今まで以上に空目に近くなった気がした。中でも何より亜紀にとって引っ掛かったのは、村神の言動が明らかに空目の意思を汲んだものになり、亜紀には全く理解できない〝何か〟を、前提に話すようになった事だ。

特に――〝異界〟について話す時に。

それは今まで、亜紀と村神が、共通して理解できなかった筈のものだった。

一体、どういう事なのか。亜紀がどうしても得る事ができなかった、空目と同じ認識。あのあやめと同じもの。それを村神が体得した気がする。一体『夜会』とやらで、何があったというのだろうか。

置いて、行かれた。

そして一度そう思い始めると、急に亜紀は、周りの人間の状況が気になり始めた。

亜紀の目には、突如として周りの変化が、成長として見え始めた。村神の変化。今までは単に脱落と認識していた武巳の動向。それに付いて行きながらも、空目に啖呵(たんか)まで切って自分のやり方を宣言した稜子。どれもが亜紀には無いものだった。亜紀だけが何も持っていない。その事に突如として気が付いた。

自分だけが成長していない。

皆に置いて行かれた。追い抜かれた。亜紀は急に、その可能性に思い至った。

現に村神の、武巳の、稜子の変化と宣言を、空目は肯定的に評価し受け入れた。だが翻って見ると亜紀にはそれが無い。それどころかここのところの亜紀は、自分でも自己嫌悪を起こすほど、馬鹿な行動や考えを何度も起こしていた。

自分の感情が動くのが、嫌いだった。

強烈な理性とプライドが、揺らぐ自分を嫌悪した。

それがある種自分の成長の枷になっている事は、亜紀は以前から承知している。だがそれと引き換えにして得ようとしていた、得たと思っていた〝自身の安定〟は、実はハリボテか幻に過ぎなかった。

――――これじゃ、私はただの馬鹿だ。

亜紀は悲痛に眉根を寄せて、正門への石畳を歩きながら、思いを巡らす。

自分は、どうすればいいのだろう。

「……亜紀ちゃん」

どうすれば――――

「亜紀ちゃん」

「…………え？」

そこでようやく、自分を呼ぶ声に気付いた。亜紀が振り返ると、稜子とあやめが少し離れて立ち止まり、ひどく硬い表情をして、亜紀の方を見詰めていた。

「……！」

動揺した。

自分の内心を、二人に気取られたのかと思った。

だが二人が見ていたのは、正確には亜紀では無く、亜紀のさらに向こう。

正門。その門柱の脇に、一人の少女が立っている。真っ直ぐに伸びた髪、制服を纏った小柄な体。そして漆黒の上着をマントのように羽織った少女。否、すでに少女とは呼ぶべきでは無い、老獪な内面を笑みに浮かべた、少女の姿をした老〝魔道師〟。

「小崎、摩津方……！」

「ふむ」

旧い軍人のように背筋を伸ばして立つ摩津方は、左目だけをひどく顰めて、亜紀とその後ろに立つ二人を見やった。摩津方は亜紀を、あやめを順々にゆっくりと見回して、そして最後に稜子に目を留め、品定めするように目を細めた。

「っ……！」

亜紀の背後で、稜子が息を呑む気配がした。

摩津方はあどけなさの残る少女の顔に、この世の全てを嘲笑しているかのような歪んだ笑みを浮かべ、静かにその口の端を吊り上げた。

亜紀は、摩津方を睨み付けた。

「一体、何の用……」

「それがお前の選択か？　日下部稜子。あの小僧が知ったらどう思うだろうな？」

摩津方は問い質そうと口を開いた亜紀を完全に無視して、当てこするような調子で、稜子へとそのような言葉をかけた。

「……！」

「どういうつもりだ？　仮にも小僧が敵とした者だぞ、そやつらは」

摩津方は、叱責というよりも、口調に笑みを含ませて言う。

「いかんなあ、そういう二心を持つような真似は。なあ？」

摩津方は言いながら、笑みを浮かべて近付いて来る。稜子は、その舐め上げるような視線に晒されながら、表情を硬くして、じっと視線を逸らして下を向いている。

「………」

「こやつらと居ればお前に危険が及ぶ。あの小僧がそう思うて引き離したというに、その答えがこの裏切りとはなあ」

摩津方は亜紀の脇をすり抜けて、靴音を立てて稜子へと近付いて行った。

亜紀は振り返り、そんな摩津方の背中に、鋭く言葉を投げ付けようとする。

「そんな事、あんたに何の関係が……」

「黙っておれ。お前こそ関係ないわ」

振り返りもせずに切って捨てる摩津方。

「なっ……！」

「あの小僧はこの娘を守るために、私と取引した。それがこの調子では、小僧の士気に関わるのよ。雇用主としては看過できん。どういうつもりか問い質す権利が、私にはあると思うのだがな？」

言いつつ、摩津方はにやにや笑って稜子を見やる。まるで言葉の通りには見えない、完全に稜子を追い詰めて楽しんでいるように見える。

「お前に何かあっては、私が困るのだよ……」

摩津方は絡み付くような声で言い、俯く稜子の顔を覗き込んだ。

稜子の傍に立っていたあやめが、怯えた表情で摩津方を避けるように一歩身を引く。

亜紀は、それを見て思い至る。摩津方は、その〝取引〟とやらで武巳を亜紀達から引き離した。それと同じ事を、稜子でもやろうとしているのではないか。

「稜子」

亜紀は厳しい声で言った。

「行くよ。耳貸しちゃ駄目」

「うん……」

答えるが、しかし稜子はそこから動かなかった。

「稜子！」

「……うん、わかってる。亜紀ちゃん」

稜子は言う。

「わかってる。大丈夫。でもこれだけは、言っておきたいの」

そうして稜子は決然とした表情で顔を上げて、覗き込む摩津方の笑みを、真っ直ぐな瞳で、真剣な表情で見詰め返した。

「わたし———

わたしは、武巳クンがあなたを信用してない、それ以上に、あなたを信用してません」

そして言った。

「……ほう？」

「それから、武巳クンが魔王様を信用しなくなったのとは違って、わたしはまだ、魔王様を信じてます」

稜子は硬い表情のまま、亜紀が今まで聞いた事が無いほど強い、しかし抑えた口調で、摩津方に向かって言った。

「今は、あなたは武巳クンのために必要だと思ってます。でもそのうち、あなたは武巳クンをあなたの目的のために犠牲にしようとするかも知れない」

「ほう」

「その時には、わたしは魔王様に頼みます。あなたから武巳クンを守ってくれるように。武巳クンが嫌がってもそうします」

きっぱりと、稜子は言い切る。

「わたしは、わたしのやり方で武巳クンを守ります」

稜子は摩津方を見据える。

「方法は選ばずにそうします。だからあなたも——もし武巳クンをどうにかするつもりなら、覚悟して下さい」

緊張か怖れか、そういった何かで強張った顔で、稜子は無理矢理に笑って見せる。

あの〝魔道師〟小崎摩津方を、稜子は脅して見せる。

笑みの形に作った唇が、微かに、白く震えている。

摩津方は稜子の言葉が途切れた後――――しばし、沈黙した。

そして、

「……ふん」

鼻で笑った。

その瞬間、この場の空気が、一瞬にして凍り付いた。

悪意。

楽しげに細められた目。笑みの形に歪められた口。それらが内包する〝邪悪〟が、ずっと内側に隠されていた〝それ〟が、目の前の人間から一気に剝き出しになり、対峙するただの人間である亜紀達の脳髄に冷たい〝怖れ〟となって流れ込んだのだ。

「…………………………!!」

一瞬で空気が凍る。身が凍える。

詠子と対峙した時に起こる奇妙な感覚と、〝それ〟は極めて良く似ていた。だが詠子から感じた〝邪悪の欠如〟が生む異次元の〝怖れ〟とは、摩津方のものは、明らかにその本質を異にしていた。

子供のような純粋な邪悪が、そこにはあった。

自らがその手で傷付け、千切り、もがく昆虫を眺めて笑っているような、あたかもそのような純粋な〝興味〟と〝邪悪〟とが、老獪極まる知性と人格が滲んでいた表情から、羽化するように現れて、ぞろりと顔を覗かせたのだ。

無力な虫がもがくのを、その無力を理解した上で、圧倒的高みから観察する邪悪。

無力な人間の精神と魂を弄び(もてあそび)、玩弄(がんろう)された人間が必死でもがくのを、娯楽として興味深げに眺める、魂の絶対者の邪悪。

それは——行き着いた、人間の邪悪。

「…………‼」

ざあっ、と音を立てて風が吹いた。マントのように羽織った上着が翻った。

稜子の表情がさすがに強張った。見る者の精神を侵食するような笑みを浮かべて、摩津方は静かに稜子を見据えた。

　そして言った。

「そうか、それは楽しみだ」

　笑った。

　嬲るように、笑った。

「できれば良いなあ？　だが、できるのかな？　それまでに要らぬモノに関わり過ぎて、それらに喰われてしまうのではないか？」

「……！」

　畏れと共に、痛い所を突かれた稜子が、表情を引き攣らせた。

「今もまた、わざわざ手に余るものに関わろうとしておるのではないか？　自分の程度というものが判っておるのか？」

「…………！」

「楽しみだなあ、お前達が、果たして何をしてくれるのか」

　摩津方は、ぐるりと一同を見回す。

「警告はしたぞ。やってみるが良い」

　そして摩津方はそう言って、牽制(けんせい)するような笑いをすると、そのまま稜子の横を通り過ぎて、校舎の方へと歩み去った。

「それまでは、死んでくれるなよ？」

低い笑い声。摩津方の背中が、遠ざかって行く。

亜紀達はその背中を、目を離す事に不安を感じて、ただ無言で見送り続ける。やがて少女の姿をした背中は、校舎の中に、完全に消えた。

「…………………」

人の居ない正門に、沈黙が広がった。

稜子が厳しい表情で摩津方を見詰め、あやめが困惑と、不安の表情を浮かべた。

風の音が唸り、曇り空の下の沈黙を、ざあっ、と強く押し流した。そして、しばしの無言の後――――稜子が決然と、皆を振り返った。

「じゃあ……行って来るね。亜紀ちゃん」

強張った表情に、笑顔を作って。

「え……あ。ああ、そだね……」

「大丈夫。あんな人の話は、聞かないから」

そう稜子は言うと、表情を引き締めて歩き出し、亜紀を追い越して、大股に正門を抜け外に出た。亜紀はその稜子を、思わず何か、遠いものでも見るような目で見やっていた。あやめが慌てて小走りに稜子を追って、亜紀の隣を通り抜け、その際に動かない亜紀に、ちらと一度だけ視線を向けた。

「……」

「亜紀ちゃん？」

呆然と立ち止まっている亜紀を、稜子がふと、不思議そうに振り返った。

「あ…………ああ、ごめん。考え事してた」

亜紀は我に返り、慌てて稜子を見送って、軽く手を上げた。

稜子を見送りながら、亜紀の中には、何か歯車が狂ったような思いが残っていた。

正門を出て、寮へと向かう稜子達の背中を見詰めながら――――亜紀は目に見える光景の何を睨む訳でも無く、ただ眉を寄せて、きゅっと小さく唇を噛んだ。

3

昼休み。

稜子にああ言ったものの、あれから武巳には、ずっと胸の中に罪悪感があった。

――――保健室に近寄るな。

そんな「友達を見捨てろ」に等しい事を稜子に言い、それを言った自分の判断と気持ちには嘘は無い。だがそれからというもの武巳はずっと、その事に対して、ずるずると罪悪感を抱き続けていた。

あれから武巳は摩津方によって、来るべき時への『準備』と称する倉庫整理に、休み時間の多くを使って駆り出されていた。摩津方に引っ張り回され、また授業に追われて稜子と顔を合わせる時間も減る中で、武巳はそうして一人で思いを巡らせ続けた結果、罪悪感を引きずり続けていた。

もしも武巳が同じ事を言われたならば、とても素直に納得できるとは思えない。

それでも武巳の言う事を受け入れた稜子の顔が、武巳は忘れられない。

そして——

「小僧。私は用ができた。今日はもういい」

あの忘れられた〝倉庫〟に向かう途中、摩津方が突然そう言ったのは、昼休みに入って間も無くの事だった。

「……へっ？」

「用ができた、と言ったのだ。お前はもういい。学生らしく勉強でもしておれ」

武巳を伴って廊下を歩いていた、その真っ最中の事だった。摩津方は何の前触れも無くそんな事を言い出すと、倉庫へ向かっていた筈のその身を翻し、そのまま元来た廊下を、足早に戻り始めた。

「な、何で……」

「お前は知らんでも良いわ。失せろ」

戸惑う武巳を、振り返った摩津方は理不尽にもせせら笑って追い払う。そして早々に何処かへと歩み去ってしまい、武巳は突然、昼休みの喧騒が聞こえる廊下に、呆然とした表情で一人取り残されたのだった。

「な………」

武巳は訳も分からず廊下に立ち尽くし、ただ摩津方の消えて行った、廊下の先を眺める事になった。

「な……何なんだよ、一体……！」

そして数秒後にその摩津方の横暴に腹を立て――――そのさらに数秒後、大きく肩を落として、がっくりと諦めた。

「はあ……」

溜息を吐き、武巳はとぼとぼと、廊下を戻り始める。どうにもならない。元より逆らえる筈も無いし、理不尽も今更だ。ただ昼休みが潰れる事を覚悟していた武巳としては、今更放り出されても、何をすればいいのか困る有様だった。

……とりあえず、稜子を探そうかな。

しばらく立ち尽くした後、武巳はやっと目的を持って、歩き始める。

稜子に会いたかった。だがそうして、稜子について思いを巡らせた時――――武巳の中にまた性懲りも無く浮かんで来たのが、あの稜子に対する〝罪悪感〟だった。

「…………」

それを思い出した武巳は、自然と稜子を探す足を鈍らせ、やがて、止めた。

昼休みを過ごす生徒達が通り過ぎる廊下に一人立ち尽くし、武巳は稜子と、そして保健室に運ばれた稜子の友達について考え、思わず表情を沈ませた。稜子にはああ言ったものの、武巳も実のところ、その友人の事をひどく気にしていた。いや、ああ言ったからこそ尚更。それに碌に話した事は無いが、ユリという子は、一応顔も名前も知っていて、よく稜子の話にも出て来る子なのだ。

たったこれだけの繋がりでも、これほど気になるのだ。

それが直接の友達である稜子ともなれば、どれほど心配かは想像に難くない。考えれば考えるほど気に病んだ。

武巳とて、最初は稜子を守る以外の全てを捨てるつもりでいながら、結局沖本をも助けようとしてしまった。結局駄目だったが、それでもやってしまうくらい、友達関係というのは簡単に割り切れるようなものでは無いのだ。

「………」

自分は無力で、冷たい人間だ。

朝、稜子に言った自分の台詞が、時が経つごとに、腐毒となって胸を蝕(むしば)んで行く。

だが、それでも稜子を保健室に近付けようとは、決して思わない。それを許してしまったら本末転倒だった。武巳が今までして来た事が、覚悟が、裏切りが、そして失敗もが、全て無駄になってしまうのだ。

武巳のやっている事は、決して正しくも、合理的でも無い。

賢くは無い。優秀でも無い。その自覚は痛いほどある。しかしただ一つだけ、稜子の身を守るという事だけは、絶対に譲れない。少しでもそれの達成に近付くと信じる事を選択し、自分にできる事をして行くしか無い。

保健室に、稜子を近付けてはいけない。

しかし稜子の気持ちは、武巳にも痛いほど理解できる。

「………」

武巳は、喉に何か刺さってでもいるかのような表情で、立ち尽くす。

稜子には何もさせられない。しかし自分にできる事もたかが知れている。せめて自分にできる事を、武巳は考える。例えば保健室に乗り込むなどは、とてもでは無いが、自分にできるものでは無い。

一瞬、摩津方を頼る事も考える。

しかし、すぐに否定する。それでは空目達と居た時と、同じになる。

今、摩津方に協力しているのは、弱みがあるからに過ぎない。武巳は決めた筈だ。誰にも頼らないと。自分にできる事をするのだと。武巳は考える。あまり大きな危険は冒せない。だが

それでも、どうにかしたい。

保健室に乗り込むのは、何度も考えるが論外だ。

しかし、ユリがどうなっているのか、様子を覗くくらいはできるのではないか？

武巳は、考える。考えて、やがて武巳は口元を引き結ぶ。

「……」

少し覗くくらいならば、何とかなるかも知れない。

もしもそれで無事そうに見えたなら、そう言ってあげるだけでも稜子は安心するだろう。

武巳は決心する。そしてその思い付きを稜子に話してみようと、服のポケットを探って、自分の携帯を探した。そこで気付いた。

「あ………そっか……」

武巳は弱った表情で、ポケットの中から黒い紐に吊るされた〝鈴〟を取り出して、自分の目の前にぶら下げた。武巳の携帯は、あの時沖本に壊されたままだった。何となく精神的な忙しさに追われて、代わりも調達せずそのままになっていたのだった。

たった今、不便に気付いた。

だがもう遅い。今から稜子を探すか、公衆電話でも見付けるしか無いが、考えてみると電話番号は、電話帳機能頼りで暗記などしていない。

「…………」

どうしようか武巳は考え――――そして、そのどちらでも無い、三番目の選択をした。

武巳は廊下を歩き出した。昼休みの喧騒の中、どこか緊張に強張った、心に何かを決めた顔で、保健室のある方面へと武巳は歩き出していた。

＊

…………十数分後。

武巳は保健室のある、一号校舎の壁沿いを、一人足音を忍ばせて歩いていた。

職員室や理事長室のある方面とは、正反対の側だ。植え込みがされていて、普通なら誰も入り込まないような場所を、武巳は煉瓦タイルの外壁に沿って、周りの目を気にしながら密かに一人進んでいた。

一号校舎の側面に位置するこの場所は林に面していて、最低限の植え込みだけが学校と山林とを隔てているといった風情の、隙間のような空間がそこには存在していた。

この場所がある事は見知っていたものの、今まで意識した事が無かった。近道として使うには場所が辺鄙（へんぴ）過ぎ、不逞（ふてい）の輩（やから）が隠れて煙草（たばこ）を吸ったりするにしても、保健室を初めとする教員の居る窓があり過ぎるという、なんとも使い道の無い空間なのだ。

壁に並ぶ西洋窓を一つ隔てた中には、人が溢（あふ）れている。

武巳は窓の下をくぐるように姿勢を低くし、足音を立てないよう気を付けながら、ゆっくりと目指す保健室の窓へと、足を進めていた。

枯葉を踏み、植え込みに触れて立てる音。

ひどく大きく聞こえるその音が、武巳の孤独と緊張を、静かに煽（あお）り立（た）てている。

――――ふーっ、ふーっ、

殺した息が、口の中でくぐもった音を立てている。

窓越しに、あるいは空気を流れて、こんな場所にも昼休みの音が遠く聞こえている。

別に、大した事をしようとしてる訳じゃ無い。

そう何度も自分に言い聞かせながら、武巳はできるだけ音を殺して進んで行く。

荒れた植え込みと、砂埃（すなぼこり）の付着した煉瓦壁の隙間。その間を一歩一歩、保健室の窓がある筈の方向へと、武巳は進んで行く。

「…………………」

そう、多分大丈夫。その筈だ。

覗くだけなら平気だ。武巳はここに来る前に、保健室のドアが見える位置に立って、しばらく保健室を見張っていた。

武巳は保健室の中は、完全に〝使徒〟の巣窟になっていると想像していた。しかし意外にも武巳が見張っていた数分の間にも生徒の出入りがあり、出てきた生徒を呼び止めて訊いてみると、用のある生徒は普通に出入りしているらしい事が判明したのだった。

「……え、別に保健室、変な事は無かったけど？」

出てきた男子生徒は、そう言っていた。

「ただ今は病気の奴が居るみたいで、用の無い生徒はお断りみたいだったけど」

入るとまず用事を聞かれたらしい。ただのお見舞いだったらお断りする、といった感じの事を養護教諭が言っていたと。

ついでにユリが居たかも聞いてみたが、ベッドは仕切りのカーテンが閉められて、中に誰が居るのかは見えなかったようだ。ただ教諭の口ぶりと状況から考えると、中には確かに誰か居たのだろうと、そう男子生徒は予想を口にしていた。

ユリかどうかは知らないが、中に誰か居るのは確からしい。

だがその程度の事ならば、稜子が把握している事も、同じようなものだ。

しかし、武巳はそれで決心が付いた。少し中を覗いて逃げる程度なら、何とかなるだろうと武巳は踏んだのだった。普通に生徒が出入りしているなら、中はまだ形だけでも普通に機能しているのだろう。だとしたら、たとえ〝使徒〟に見付かってもいきなり何かされるような事は無いだろうと、武巳は考えた。

万が一、何かあったとしても、稜子に何かあるよりはいい。

そんな思考の結果、武巳はこうして保健室の窓を目指して、足音を忍ばせて、歩いているのだった。

喧騒の遠い、静かな隙間を武巳は歩く。

煉瓦タイルのざらついた壁に触れながら、姿勢を低くし、息を殺して、進んで行く。

窓の下を通り過ぎるたび、その先に見える窓を数える。校舎の中の記憶を頼りに、何番目の窓が保健室に当たるのか目算しているのだ。

「……」

あと二つ。

「……」

あと一つ。

「……」

ここ。

目的の窓に辿り着き、横の壁に張り付いた。

横目に見る窓は、枠飾りの一部しか見えないが、この窓の内側が、丁度ベッドのある区画に当たる筈だった。

――ふーっ、ふーっ、

背中に当たるゴツゴツとした壁の感触を感じながら、武巳は息を潜める。

どれほど抑えても呼吸の音はいやに大きく聞こえ、緊張が胸の中で密度を増して行く。

少し、少しだけ、覗いてみるだけだ。カーテンが閉まっていたらそれでおしまい。大した事では無い。ほんの少しだけ、覗いて帰るだけだ。

――ふーっ、ふーっ、

瞬きも忘れ、自分の呼吸の音を聞きながら、じりっ、じりっ、と背中を擦り、僅かずつ窓ににじり寄る。

少しずつ、少しずつ、窓が見えて来る。

煉瓦タイルの壁に収まった、古風な作りの窓枠が、少しずつ視界の端に、だんだんと見えて来る。窓にかかった白いカーテン。カーテンで部屋の中は隠されているが、それは折り込み済みだ。武巳の姿も中から隠してくれる。そして隙間から少しでも中の様子を確認すれば、目的は達成されるのだ。

だが、そこで、武巳は気が付いた。

窓が、開いていた。

「！」

上に引き上げるタイプの窓が開け放たれていて、中のカーテンだけが、白く閉じられている状態だった。それに気が付いて息を呑んだ。全然予想していなかった状況に、武巳の心臓の辺りで緊張が膨れ上がった。

「…………」

壁に突いた、手の先が震えるのが判った。

呼吸が震える。カーテンの、布の合わせ目が視野に入る。

ほっそりと開いた、白いカーテンの隙間が見える。中があまりにも近い。あまりにも隔てているものが薄くて頼りない。音は完全に筒抜けだ。ごくり、と乾いた喉が空気を呑む。だがここまで来てしまった以上、武巳は意を決してそっと窓へにじり寄り——————静かにカーテンの隙間へと、顔を近付けて行った。

「!!」

そこに、〝魔女〟が居た。

窓にかけられた、白いカーテンの合わせ目。そこから見える白い保健室の光景の中に、詠子が、〝魔女〟が、座っていた。

武巳の目の前で、白い仕切りカーテンに囲われたベッドに、裸足(はだし)の足をぶらぶらさせた詠子が横を向いて座っている。そして座った詠子の足元に三人の男女が跪(ひざまず)いて、もう一人の男が脇に立って、その光景を見守っていた。

見守る男は、あの〝高等祭司〟赤城屋だった。

ひょろ長い長身をベッドの脇に立たせ、赤城屋はうっすらとあの笑みを浮かべて、詠子の様子を見守っていた。

詠子の足元に跪くのはいずれも生徒で、制服を着た一年生と思しき女の子と、上級生であろう私服の男女だった。彼等はよく見えないが深く頭を下げて、そして微かに、震えているように見えた。

「…………！」

武巳は想像もしなかったその光景に、息をするのも忘れて凍り付いた。

詠子は武巳の見詰める中で静かに微笑みを浮かべ、自分の足元に跪いている三人へと、優しげな視線を向けていた。

しかし見詰められる三人は全く顔も上げず、ただ俯いたまま、病人のようにその身を震わせていた。それは最初詠子を怖れているのかと武巳には見えたが、すぐにそうでは無い事を、武巳は知る事になった。

震える制服の少女が、眩暈のように歪んだ。

武巳は目を疑った。

こんな状況でなければ、目を擦っていただろう。

少女の体は、次の瞬間には元に戻っていた。だが見る間に他の二人にも、同じような輪郭の歪みが起こり始めた。少女達は、それぞれ自分の肉体が崩れるのを抑えるかのように、必死で自分の体を抱きしめていた。俯いた表情を見る事はできないが、その様子は、自分の肉体が歪んで溶けるのではという恐怖と苦痛に蝕まれながら、それに必死で抵抗しているかのように見えた。

赤城屋が、詠子に身をかがめ、囁いた。

「……我等が〝魔女〟。そろそろ始めませぬと」

「そうだね」

詠子は微笑んで頷くと、左手をスカートのポケットに入れ、そこから一本のカッターナイフを取り出した。

何をするのかと緊張する武巳の見る前で、詠子はキチキチと音を立てて、カッターナイフの刃を伸ばした。そしてその切っ先を自らの右掌(てのひら)に当てると、ゆっくりと突き刺し、切っ先を掌の肉へと埋めて行った。

「！」

武巳は、息を呑んだ。

しかし詠子は穏やかに微笑んだまま、掌の肉に突き刺さったカッターナイフの刃を、静かに手首の方へと引いて行った。くすんだ銀色の刃が、音も無く肉を切り開く。白い掌の真ん中に見る間に鮮血が泉のように湧き出し、やがて傾けた掌から零れて、赤い筋となって詠子の指を伝った。

白く細い指を、赤い血の筋が、絡み付くように伝って流れた。

「さあ」

そして詠子は言うと、その手を、跪く三人の方へと差し出した。

指先から血の雫(しずく)が零れ、ぽたりと一つ、床へと落ちた。するとその瞬間、三人は一斉に顔を上げ——差し出された詠子の手に縋り付いて、我先にとその指に口を付けて、流れる血を飲み始めた。

「…………っ！」

ぞくっ、と武巳はその光景に、悪寒を感じた。

三人は武巳の見る前で、詠子の小さな手を掴み、争うようにその指に、掌に、唇を這わせて行った。白い喉が何度も嚥下(えんか)の動きをし、溢れた血が細く伝う。しかし詠子はそんな自分を襲う光景を眺めながら、子猫の群れにミルクを与えているような、微笑ましげな笑みを浮かべていた。

「……この子達は、か弱いねえ」

詠子は無心に血を啜(すす)る三人を眺めながら、呟く。

「さようですな、我等が〝魔女〟。しかし我等〝高等祭司〟さえ、周期的に〝血〟を与えられなくては〝形〟が保てません。この者達ほど周期が短くなくとも」

その詠子の呟きに、赤城屋が応えて言った。

「神話で言うところの〝黄泉の食べ物〟を食せば黄泉の住人になってしまうがごとく、我等のような矮小な者が貴女の世界の住人であるには相応の〝証〟としての食事が要ります。〝魔女の血〟をもって〝黄泉の食べ物〟としなければ、残念ながら我等は貴女に与えられた〝形〟を早晩にも失ってしまいます」

赤城屋は腰の後ろで手を組み、直立不動の姿勢のまま詠子に言う。

「我等は〝怪異〟でも無く、〝人間〟でも無い存在。そもそもは〝人間〟でありながら、その本質は〝怪異〟という、かくも歪んだ存在。人の形を保ち、人として生活する、もはや人では無きもの。かの〝異界〟にて意思も形も失った〝化物〟でありながら、人としての意思と形をもって生きなければならぬという、世にも歪な存在です。

もう我等は、人としての姿を忘れつつある。にも拘らず人として生きようとするならば、忘れるたびに貴女様によって、こうして〝形〟を与えて頂かなくてはならない。全ては、我等の意思の弱さが招く事。しかし〝異界〟の狂気に呑まれて、元の〝形〟を失わずに済む者は、現実には殆ど居りません」

詠子は赤城屋に顔すら向けなかったが、赤城屋は構う事なくその横で、大仰な節回しで語り続ける。

「そう、我等は〝できそこない〟なのですから……！」

「！」

その台詞に、武巳はぎょっとして息を呑んだ。

「人として現実に耐えられずに〝異界〟へと心を奪われ、そして〝異界〟にも耐えられなかった矮小な魂こそ我々。愚かしくも哀しい〝できそこない〟。人としても怪異としても完全になり得なかった〝できそこない〟こそ我々」

「…………！」

「何者かに補って貰わなくては形も保てない、矮小にして無限の存在が、我々です。生きた人の『認識』にへばり付き、その『認識』をもって形を得なければただの肉塊に過ぎない。それこそが我々です。

しかし我々は幸運です。この身に〝魔女〟の血を受け、我等が魔女の〝使い魔〟として、形を得る事ができているのですから。この学校に数多（あまた）喚（よ）び出されている『欠けを補う半身』どもと違い、誇りある〝使い魔〟として自我を持って形を成す事ができているのですから！」

両腕を広げ、高らかに語る赤城屋。顔に張り付けた笑み。その姿は演劇と言うよりも、口上を述べる道化師のようだ。演劇を彩る、大袈裟な道化師の口上。その口上を聞きながら、武巳は思い出していた。

空目が言っていた事を。

かつて魔女狩りがあった頃、魔女は悪魔の化身である〝使い魔〟を連れており、その〝使い魔〟に自らの血を与えていたと信じられていたのだと。

魔女には体のどこかに〝しるし〟があり、そこから〝使い魔〟は血を吸う。

その〝しるし〟には痛覚が無いと言われ、そのため魔女裁判では『試し針』を体の黒子(ほくろ)や痣(あざ)に刺し、魔女の〝しるし〟かどうか調べたと。

平然と手の肉を切り開き、微笑みを浮かべて流れる血を与える詠子。

この光景はまさしく、伝説に言う〝魔女〟の光景を連想させるものだった。

「そう、我等こそ大いなる〝魔女の使徒〟！」

赤城屋は高らかに言う。

だがその台詞に感じるのは陶酔では無く、ただひたすらの演技性だった。

「君はそうやって演じる事で自分を確認して、形を維持してる」

詠子が口を開いた。

「だから君は、飛び抜けて優秀な〝使徒〟。この子達の誰よりもその〝形〟に自覚的で、誰よりも長く、私なしに君と〝カヴン〟の形を維持できる子」

「お褒め頂き恐悦に存じます」

「でも本当に惜しかったね。もう少し君が本当の自分について識っていたら、君も〝魔女〟になれたのに」

「今更言っても詮無き事です」

「そうね」

頷く詠子。

「でも私はそれでも、願ってるの。この世界に生きとし生ける全ての人間が――――〝魔女〟になる事を」

そして言った。それから未だ三人が纏わり付く右手を引き上げて、名残惜しげに見上げる三人に向けて、優しい微笑みを向けた。

「誰も、可哀想な目に遭わないように」

詠子は血に汚れた右手を、どこか愛おしげに見詰める。

「誰も、〝できそこない〟になんかならないように」

つう、となおも溢れた血が、白い手首を伝う。

「〝サトコ〟ちゃん、〝そうじ〟くん、他にも沢山の、形を失くしてしまった可哀想な〝できそこない〟達――――」

その名を聞いて、不意に武巳は思い出す。

武巳に憑いているあの〝異形〟の事を。〝そうじさま〟の、存在を。

その瞬間――――

りん、

その澄んだ音と共に、武巳の足首が、何者かに摑まれた。

「————————っ！」

瞬間、武巳は声の無い悲鳴を上げて、飛び上がった。

恐ろしい悪寒が、摑まれた足首から背筋まで駆け上がった。武巳はひとつ痙攣すると、目を見開いて、その場に引き攣った表情で、背中に冷たい鉄串を刺し込まれたかのように立ち尽くして硬直した。

そして。

「…………………………………」

目が、こちらを見ていた。

カーテンの隙間の向こうで、〝魔女〟が、こちらを見ていた。

詠子が、〝使徒〟が、武巳を見ていた。武巳は恐怖と緊張に固まって動かない首を捻じ曲げて、無理矢理視線を下に向け、自分の足元を見た。

足首を、死肉の色をした小さな手が掴んでいた。

真っ白な死肉の色。それに足首を掴まれて、ズボンと靴下の布地越しに、じわりと死人の冷たさが足に染み込んだ。

それだけ見れば判った。

これは〝そうじさま〟だと。

武巳は視線を、前へと戻す。〝魔女〟がにっこりと笑みを浮かべて、〝使徒〟が一斉に同じ笑みを浮かべた。

「――――こんにちは、〝追憶者〟君」

詠子は武巳をそう呼ぶと、微笑みを浮かべたまま、ベッドの上から流れるような動作で立ち上がった。

「それから〝そうじ〟くんも。私達の様子を見に来たのかな？」

「…………！」

武巳の奥歯が、がちがちと鳴った。

動けない武巳に、詠子はゆっくりと歩いて近付いて来た。詠子は窓の傍に立ち、カーテンを捲(めく)ると、少し背をかがめて、武巳の顔を覗き込んだ。

「丁度良かった。貴方にも用事があってね、どう招待しようかと思ってたの」

「…………！」

「ふふ、怯えなくてもいいよ」

そして詠子は目を細めると、ひどく邪気の無い顔で、透明に笑った。

その悪意も敵意も無い無邪気な笑顔に、武巳は凍り付くような恐怖を感じた。詠子はそんな武巳の目の前に、すっ、と右手を持ち上げて、差し出した。

「君は、自分の〝形〟を保てるのかな？」

そして言う。

詠子は血の筋が絡み付く指先を、武巳の顔へと伸ばした。

嫌な予感がした。止まらない悪寒。詠子は笑顔のまま、指先を武巳の口へと近付けて、震える武巳の唇に触れて、そっと一筋なぞり、唇に血の紅を引いた。

四章　默より音、涌く

1

じりりりりん、

寮のホールで、共用電話のベルが鳴り響く。

じりりりりん、

古風な造りの寮に不気味なほど似つかわしい音のベルが、寮の隅々まで届く音を立てて、大きな音で鳴り響く。

じりりりりん、

木材とニスと漆喰色の建物に満ちた、恐ろしく静謐な空気を震わせながら、不気味なベルが鳴り響く。

じりりりりん、

自分の部屋のベッドに潜り込み、必死で耳を塞ぐユリの耳にまで、金属を打ち鳴らすベルの音が、冷たく無慈悲に鳴り響く。

じりりりりん、

「――――嫌…………ぁ……」

保健室から戻ったユリは、ベッドの中で布団を頭から被り、がちがちと震えながら、寮に鳴り響くベルの音に晒されていた。
まだ昼休みに入ったばかりの、ユリ以外には誰も居ない寮。そんな空っぽの寮の中で電話のベルは、無機質な音を立てて、恐ろしく長い時間、途切れる事なく鳴り続けていた。

ユリだけしか居ない寮で、ユリが出なければ誰も出る者の無い、共用電話。電話は誰も出る者の無いまま、こうしてすでに一時間以上、無人の玄関ホールで、ひたすら延々と鳴り続けていた。

じりりりりん、

「うぅ……」

誰も出ぬまま、誰も居ない、寮のホールで。

その電話は、延々と、金属が打ち鳴らされる音を響かせていた。

誰も聞く者の無い、誰も居ない、玄関ホールで。

ただ怯えるユリだけに、その不吉な音を聞かせ続けながら、延々と、延々と、鳴り続けていた。

じりりりりん、

「ううう………」

ベッドの中で固く目を閉じて、ユリは涙を浮かべて、がたがたと体を震わせていた。

布団に包まれた生暖かい暗闇の中で、ユリはただ耳を押さえる手と、目元を流れる涙の感触を感じていた。

その必死に閉じ籠もる暗闇で、自分の歯ががちがちと打ち鳴らされるのを聞いていた。そしてどんなに耳を塞いでも聞こえて来るあの電話のベルの音を、延々と、延々と、聞かされ続けていた。

これは他の誰でも無い、ユリが受話器を取るまで、ベルは永遠に鳴り続けるのだった。

ユリ以外の誰も居ない、この空っぽの寮の中で。ユリ以外の誰もベルを聞く者が居ない、この時だけ。

鳴り続けるのだ。電話の音が。

誰も掛けていない――――この、電話の音が。

じりりりりん、

鳴る。

じりりりりん、

「……う……うぅ……」

じりりりりん、

「……うあ……ああああああああ…………っ！」

じりりりりん、

じりりりりん、

じりりりりん、

じりりりりん、

じりりりりん、

…………………

2

ユリが寝起きしている部屋のある、寮の棟。

その建物の玄関の扉を開けて、訪ねて来た稜子は、そっと外から首を伸ばして、扉の隙間から中を覗き込んだ。

「…………………」

しん、と静まり返った玄関ホールを確認し、それから稜子は、あやめを振り返る。そして少しだけ緊張した面持ちで、あやめへと笑いかけた。

「いい？　じゃあ、行くね」

「……」

それに応えて、こくん、と頷くあやめ。

稜子も頷き、そして扉を、人が通れる幅に開く。

本当に人が居るのか判らない静寂な空気が、玄関から見える寮の中の景色に、しん、と静かに広がっている。静まり返った洋館風の共用ホールと、そこから続く薄暗い廊下と階段が、まるで人を呑み込もうとしているかのような、虚ろな奥行きで口を開けているように稜子の目には見えた。

「…………」


学校の正門で亜紀と別れ、ユリの部屋の様子を確認するため、稜子達はやって来た。

ユリは本当に帰って来ているのか。本当に無事なのか。玄関に入って扉を閉めると、曇った外からの光だけが照らす薄暗いホールが閉ざされて、静寂な空気と共に、館の中に閉じ込められたような感覚に襲われた。

自分が住んでいる寮と全く同じ構造の建物に、調度や装飾の微妙な違いなどの、生活者の違いによる違和感。それに加えた、普段はまず見る事の無い、無人の静けさが、何か偽物の女子寮にでも入ってしまったかのような印象を、稜子に対して与えていた。

「あやめちゃん、これ」

稜子は来客用のスリッパを下駄箱から二つ取り出して、片方をあやめに渡した。

「あ……あ、はい……」

そう言って受け取るあやめの声は、周囲の静けさに遠慮しているかのように、普段にも増して小さかった。

とは言え稜子の話す声も、人の事は言えないくらい潜められている。女子寮に女子が、ただ友達の様子を見に来ているだけなのだから、本当は遠慮も警戒も必要ないのだが、それでもつい声を潜めてしまうのは、不安と期待と緊張のせいだ。

「…………」

寮に上がり込んだ稜子は、ユリの部屋がある筈の二階へと上がる階段を、うっすら不安な面持ちで見上げた。うっすらと暗い階段からは、何の音も聞こえない。見上げながら思う。本当にユリは、この向こうにある部屋に戻っているのだろうか。

戻っていたらという期待と、無事なのかという不安。

いや、戻っているかよりも、無事であって欲しいという思い。

それら全部に対する不安。

稜子は、それらの思いを抱きながら、あやめを振り返った。

「……行こっか」

そしてここに来るまでに何度言ったか知らない言葉を、稜子は再び口にする。それはあやめに言っているというよりも自分に言い聞かせているようで、それが不安を紛らわすためのものである事を、稜子は自分でも漠然と気が付いている。

「…………はい」

そんな稜子の言葉に、あやめは律儀に答える。

「……よしっ」

稜子はきっ、と表情を引き締めると、不安を隅に押しやり、階段へと足を進めた。稜子はあやめがついて来ているのを確認してから階段に足を乗せる。木製の階段と手摺(てすり)が、稜子の見上げる先に続いていた。

ぎしっ、ぎしっ、と階段が、一歩ごとに微かに軋んだ。

階段を一歩一歩上り、ユリの部屋のある二階へ向かいながら、稜子は頭の片隅で、空目との話を思い出していた。

『――――携帯にまつわる怪談や都市伝説は、本質的には〝電話〟のそれの延長だ』

携帯の〝噂〟についての、空目の話。

それらの怪談や都市伝説について、空目が傾向として話してくれたもの。

『電話、そして携帯の噂に共通する本質は、先に言った電子音声現象に代表される〝この世にあらざるもの〟との通信だ』

『都市伝説に限って言えば、その通信相手が殺人鬼などの〝異常な人間〟である場合もあるのだが、その実在が問題にならない以上、これも日常からは外れた存在としての〝この世にあらざるもの〟の範疇(はんちゅう)に含まれると思う』

『電波受信機としての電話、という見方は〝電話怪談〟を考察する上では欠かせない視点になるのだが、あえてそれを除けば、電話は〝顔の見えないコミュニケーションツール〟としての側面が残る。実際語られる怪談や都市伝説の多くは、この機能を主題にしている。相手が名乗らない限りは、電話に出た側は相手が何者か判らない。しかしそんな相手と通話を介して確実に繋がっているという事態は、極めて不安感を煽るものだろう』

『こんな話がある。長男が行方不明になったとある家族の家に、毎晩無言電話が掛かって来るようになった。無言電話は半年以上続いたが、樹海の中で自殺した長男の死体が見つかった日にぴたりと収まり、二度と掛かって来る事は無かった』

『都市伝説に〝死を呼ぶ電話番号〟というものがある。携帯に、とある電話番号から電話が掛かって来る。その電話に出たら死んでしまう。友人同士の噂話やチェーンメールで、その〝死の番号〟であるという電話番号がいくつか出回っている』

『古い怪談に、〝近づいて来る電話〟というものがある。家に居ると電話が掛かって来て、出ると知らない相手が言う。〝もしもし、今、あなたのマンションの近くの公衆電話に居る〟。そして電話は切れ、少しして再び電話が鳴る。〝もしもし、今、あなたのマンションの前に居る〟。電話は切れ、再び鳴る。〝もしもし、今、あなたのマンションの二階に居る〟〝もしもし、今、あなたのマンションの三階に居る〟〝もしもし、今、あなたのマンションの四階に居る〟〝もしもし、今、あなたのマンションの五階に居る〟〝もしもし、今、あなたのマンションの六階に居る〟〝もしもし、今、あなたの住んでいる階に居る〟〝もしもし、今、あなたの部屋の前に居る〟〝もしもし、今、あなたの後ろに居る〟──』

「……」

思い出す。ごく、と階段の先を見詰めて、稜子は口の中の唾を飲み込んだ。

嫌な事を考えてしまった。手摺に触れて階段を上りながら、稜子はつい考えてしまった不吉な想像を、できるだけ頭から追い払った。

階段を上り切り、窓からの明かりが入る、二階の廊下に出た。明かりが入っていてもなお薄暗い、相変わらず人の気配が感じられない廊下を、スリッパが絨毯を踏む感触と共に、稜子は先へと進んで行った。

「…………」

不安を余所に、ほどなく廊下の向こうに目当てのドアが見えた。

ユリの部屋だ。稜子は胸の辺りに手を当てて、表情を引き締めて、そのドアへ向かう。

同じ色をした木製のドアが並ぶ、静かな廊下。しかし稜子が、ユリの部屋へと近付こうとしたその途端──廊下に満ちていた静寂の中から、ドア越しにくぐもった、切迫した人の声が稜子の耳に飛び込んで来たのだった。

『――――嫌あっ！』

『ユリっ……!!』

部屋の中から廊下に漏れ出す、二人の少女の悲鳴だった。

「！」

聞いた瞬間、稜子はユリの部屋のドアに向かって、廊下を駆け出した。

「あ……」

背後であやめの気配が戸惑い、遅れる。しかし稜子はそれに構う余裕も無くユリの部屋のドアに取り付くと、その異様に冷たい真鍮のドアノブを握り締め、回し、そのまま押し倒さんばかりに押し開けた。

叫んだ。

「ユリちゃん！　大丈夫!?」

そして飛び込んだ。

飛び込んで目の当たりにしたユリの部屋には、部屋に立ち尽くすトモと、そしてベッドの上で震える、ユリの姿があった。

「稜子ちゃん……」

何故かここに居るトモが、稜子へと顔を向けた。

その表情は困惑に塗り潰されて、最早どうすればいいのか判らないという、そんな呆然とした表情をしていた。

ユリはベッドの隅で布団を頭から被り、固く固く目を瞑っていた。両手で耳を覆い、手はそれと見て判るほどに激しく震えていて、隙間から見える表情は別人のように引き攣り、蒼白く血の気が抜けていた。

「……ユリちゃん？」

稜子は、そう呼びかけて、ユリへ駆け寄り、その手に触れた。

「嫌っ！」

だが手が触れた瞬間、ユリは火でも触れたかのようにびくんと震え、その手を激しく跳ね除けて、ベッドのさらに端へと縮こまった。

「何が……」

奇しくもトモと同じ困惑の表情を浮かべて、トモの方を見る稜子。だがトモは半分泣きそうな顔をして、首を横に振り、言った。

「さっき、部屋にユリが居るのに気付いて……声かけたら……こんな……」

口元に手をやって、トモは立ち尽くす。

「何だか分からないけど、声かけたら、急に……」

「そっか……」

あまりにも異常なユリの様子を前に、どうしていいか判らない様子のトモ。稜子はベッドの横にかがみ込む。確かにどうしていいか判らないほどの、こちらに恐怖が伝染して来そうなほどの異常な怯え方だったが、それでもこの程度なら稜子はまだ平気だった。耐性があった。何しろ稜子は、今朝『あの現場』を見たのだから。

携帯に『着信』したあの時のユリに比べれば、この程度の錯乱は、何でも無い。

あの手の付けようの無い狂乱に比べれば、落ち着いていられる。稜子は怯えて引き攣るユリの顔を、そっと静かに覗き込む。

「……ユリちゃん、聞いて」

「！」

そしてできるだけ抑えた声で、稜子はユリへと語りかけた。

「大丈夫、わたしだよ。日下部稜子。分かる？」

「…………！」

触れた途端、ユリの体が激しく強張ったのを感じたが、稜子は努めて声を落ち着けて、ゆっくりと、はっきりと、聞き取れるように語り掛けた。

「聞いて、ユリちゃん。大丈夫だから」

稜子は、繰り返すように言った。

「大丈夫。何も無いから」

強く塞いだ耳にも、聞こえるように。

「ね、ユリちゃん」

「……………りょ………稜ちゃん……？」

その稜子の呼びかけに、やがて小さな掠れた声で、ユリが布団の中から、稜子の名前を口にした。

「ユリ！」

トモが、感極まってユリの名を呼ぶ。今にも飛び付かんばかりのトモを肩越しに制止して、稜子はユリに、語り掛けを続ける。

「そう、わたしだよ。良かった、無事だったんだね」

「…………稜ちゃん……」

「今、ここには何も居ないよ。大丈夫だから」

そして少しだけユリが落ち着き、耳を塞ぐ手から力が緩んだのを見計らって、稜子はそのまま続けて静かに、ユリへと問い掛けた。

「ねえ、何があったの？　ユリちゃん」

その問いは危険で、ユリが再び怯え出す可能性も考えてはいた。だがそれでも稜子はこの事態の解決のため、心を鬼にして質問した。

「何が、怖いの？」

「……!!」

稜子は訊ねる。

ユリは少し和らいでいた表情を再び緊張させ、しかしその引き攣った口元の奥から、か細い答えを稜子に返した。

「…………で……電話………………」

ユリの答え。

「電話？」

「……電話が……電話が、来るの。ホールの電話が鳴るの。電話が、電話が……！」

震えた声で繰り返すユリ。微かにかちかちと歯の鳴る音が、言葉に混じる。

ホールの電話？　稜子は眉を顰めた。後ろに立つトモが、そこで突如として思い出したように声を上げた。

「あ！　そうだ！　ユリ、あんた私に電話……！」

身を乗り出して、トモは言う。

「ユリ、あんた携帯で、私に電話しなかった？　そうだ、あんた携帯どうしたの？　掛け返しても、メッセージ送っても、繋がらないんだけど⁉」

「！」

その電話の事も、確認しなければならなかった。だがここで問い掛けて、まともな答えになるかは確証が無い。

「……………あ………ト、トモ……？」

だが、トモの問い詰めるような声に対して、ユリが怯えた声ながらも、相手を認識した返事をした。その反応に勢い込んで、トモは稜子の肩越しに、乗り出すようにして、ユリへと強い調子で問い掛けた。

「そうだよ、私！」

呼び掛けるトモ。

ユリは呟く。

「……け、携帯？」

「そう、私に掛けたでしょ！」

だがその言葉に、ユリは耳を押さえたまま、何度もかぶりを振った。

「かけてない、かけてないよ……！」

「う、嘘！　私、確かに……」

「嘘じゃない、携帯は捨てたの！　保健室から出て、そのまま裏庭の池に……！」

「……！」

稜子は思わず、トモと顔を見合わせた。

何か今までと違う嫌な悪寒が、じわじわと二人の間に広がった。

数瞬の沈黙が降りた。そしてトモが、口を開いた。

「す……捨てた……？」

上ずった声。

「い……いつ？」

「……三限の……授業してた頃……」

「えっ……」

瞬間、目に見えてトモの表情が狼狽で強張った。

「う……嘘でしょ？　私に電話きたのは、三限のあと……！」

「嘘じゃない！　何でそんなこと言うの？」

「だ、だって……！」

「電話が来るんだよ？　捨てるに決まってるじゃない！」

ユリは耳を塞ぎ、強く強く身を縮めて言う。

「電話が……電話が鳴るんだよ？　電話が、電話が、電話が、電話が、電話が、電話

が、電話が………っ！」

繰り返すユリの声。それはだんだんと狂乱の響きを帯びて行き、それにつれてユリの指が、爪が、耳に、顔にぎりぎりと食い込んだ。

「ユリちゃん⁉」

「電話が………電話が鳴るの。この世じゃない場所から、電話が来るの」

「ユリちゃん！」

「電話の向こうから、来るの。電話の向こうの、この世じゃない場所から、この世のものじゃないモノが、ノイズの向こうから……」

ぶつぶつと呟きながら、自分の顔を引き千切らんばかりに爪を立てるユリ。

「来るよ、来るよ、電話の向こうから……」

「ユリちゃん！」

「来るよ、電話のノイズの向こうから、その向こうから、この世じゃない場所から……」

「ユリちゃん、やめて！」

稜子は慌ててユリの両腕を押さえる。だが石のように硬直した腕は稜子の力ではとても引き剝がせず、それどころか稜子が力を入れれば入れるほど、それに倍する力が抵抗して、ユリの顔へとますます爪が食い込んで行った。

「ユリちゃん‼」

「来るよ、来るよ、電話が、電話に、電話の……」

ぶつっ、と爪が皮膚を破って突き刺さり、ユリの顔に血が流れ出した。

「やめてっ！」

「電話が、電話が、電話が電話が電話が……！」

ぶるぶると震える腕が顔の肉を抉り、めりめりと皮を引き裂いて傷を広げて行く。

「電話が電話が電話が電話が電話がっ……！」

「だっ、誰かっ……！」

稜子はユリの腕を掴んだまま、後ろを振り返った。

「誰か呼んで！　早く！」

「あ……うん、わ、わかった……！」

その稜子の叫びに、血の気の引いた顔で立ち尽くしていたトモが、ようやく我に返る。

だが返事はしたものの、トモの足は震えて、一歩もそこから動けなかった。呪詛(じゅそ)のように同じ言葉を繰り返し、耳と顔に爪を立てるユリの姿に衝撃を受けて、トモはこの狂騒の中、まともな判断力を失っていた。

「早く！」

稜子も、それに正しい指示を出すだけの余裕を失っていた。

「あ……あ……」

叫ぶ稜子に、錯乱するトモ。そして必死のトモは、混乱しながら必死に人を呼ぶための方法を考えて――――そして、よりにもよってそれに思い至り、服のポケットの中から、自分の携帯を取り出した。

瞬間、

「――――――くるよ」

「!!」

その奇妙にはっきりとしたユリの言葉と同時に、トモの持った携帯が点灯した。そして、直後、三つの音が混じる不協和音が、部屋の中に響き渡った。それはトモの携帯の着信メロディーと、稜子の携帯の着信音、そして寮のホールにある共用電話のベルが全く同時に鳴り始めた音だった。三つの音は混じり合う事なく、ただ耳障りに絡み合いながら空気の全てを掻き乱して、耳に、脳に、神経に流れ込んだ。

二つの電子音と一つのベルが、互いの音を食い合い、調和を壊し合いながら、この閉鎖された空間を塗り潰す一塊の狂った騒音となって、凄まじい密度で満ちて行った。先程までの生きた騒ぎは完全に消えて失せて、心と魂と秩序を破壊する恐るべき不協和音だけが空間を覆って埋め尽くした。この部屋に居る全ての者が狂乱の中で身を縮めて、完全に動きを止めた。全てが止まっていた。身体の動きも、心の動きも、時間の流れも。世界の全てが止まり、満ちるのは音、音、音。ユリは目を閉じ耳を塞ぎ、稜子とトモは思考を停止させて、この不協和音の一部を垂れ流しているトモの手の中にある携帯画面の光を、ただただ呆然と見詰め続けていた。

不協和音の中で、トモの携帯が光を灯(とも)している。

稜子もトモも、その光を見ている。

薄暗い部屋の中で光る、携帯の画面に表示された名前。

その名前を呆然と、二人は見詰めていた。

着信────『谷田由梨』

それはユリの名前だった。

震えるトモの手。汗が伝う稜子の頬。

「…………!」

緩慢に稜子が動いた。自分のポケットの中で鳴る携帯を出した。ポケットの中でくぐもっていた音が直接あふれ出て、不協和音がさらにはっきりと音を空気の中に垂れ流し、その中で稜子は、取り出してすぐの画面に目を落とした。

画面に浮かぶ────『谷田由梨』の文字。

稜子は必死で何かを考えようとするが、頭に流れ込む不協和音が思考を分解し、攪乱され、自分が何を考えているのかも、そのうちに判らなくなる。

「…………！」

まとまらない思考。乱れる呼吸。

冷たい汗。そのうち稜子はその〝音〟に耐えられなくなり、とにかくこの〝音〟を早く止めようと、『通話』ボタンを押そうとした。

何故か、『拒否』では無く。

指を『通話』に。乗せようとして――――その途端、稜子はその指を、がっ、と何者かに摑まれた。

「ひっ！」

息が止まりそうになり、心臓が跳ね上がった。摑まれた指。見ると、そこには『通話』を押そうとした稜子の指を摑んだあやめが、必死の表情で稜子を見上げて、必死に首を横に振っていた。

「…………っ!!」

我に返った。それと同時に電話に〝出て〟はいけないと、無言で全力で訴えるあやめの意を汲み取った。指を画面から引き剝がした。ただそれだけの事に、何故だか異様なほど力を込めなければならなかったが、それでも辛うじて稜子は、指を離す事に成功した。

危なかった！

助かった！

音と精神の狂乱の中で、その成功に、心の中で快哉（かいさい）を上げる稜子。

だがその不協和音に晒されているのは――――稜子だけでは無かった。

「…………………！」

トモが、大きく目を見開いて、自分の携帯を見ていた。

その、完全に追い詰められたようなトモの表情を見て、稜子は即座に全てを察し、一瞬で総毛立った。

「駄目っ！」

稜子が叫んだ。トモが『通話』に指を伸ばした。

即座に、稜子とあやめが二人がかりでトモの腕に摑み掛かったが、腕も全身も硬直したトモの体には恐ろしい力が込められていて、まるで樹木のようにびくともせず、どれだけ力を込め体重をかけようとも、指どころか携帯を引き離す事さえできなかった。

「…………!!」

工具のような力。

止めるのは無理だった。指が『通話』に触れる。

「っ!!」

それを悟った稜子は、咄嗟に手を伸ばした。

伸ばした先はトモの携帯で――――画面に表示されている『拒否』のボタンを、寸前に、ほんの寸前に、先に押した。

ぶつっ、

と瞬間、〝不協和音〟が切り落とされたように消え失せた。

同時に全ての音という音が、この部屋の中から、一度に消失した。

「――――――――」

耳が聞こえなくなったかと思うほどの無音が、瞬間、部屋に落ちた。

間一髪、稜子が切断ボタンを押したその瞬間、不協和音を構成していた三つの着信音が、全く同時に切れて、消えたのだ。

音が無くなった。

深夜のような、静寂が落ちていた。

ユリが衰弱し尽くしたようにベッドの上にうずくまり、トモは放心したように床の上に座り込んでいた。後には、稜子とあやめだけが、蒼白な顔をして、狂騒の吹き荒れた後の部屋の空白に、辛うじて立ち尽くしていた。

———

3

校門で稜子と別れた後。

部室に戻らなかった亜紀が、一人、校庭に居た。

正門の辺りで稜子を送り出した後、そのまま部室へは帰らずに、校庭の目立たない場所にあるベンチに座って。

亜紀は溜息を吐いて、無為に、空を見上げていた。

「はあ……」

暖かい時期や晴れの日ならともかく、こんな曇った寒い日には、いくら昼休みでも、外に居る生徒は多くない。そんな人通りの少ない公園状の景色の中で、亜紀はただ一人、冷たいベンチの上で、空を幾重にも覆う灰色の雲を見上げて、遠く昼休みの喧騒を聞いていた。

「………」

ベンチの背もたれに深く背を預け、亜紀は空を見上げる。

手にした缶の紅茶を喉に流し込み、物憂げな息を吐く亜紀の表情は、何とも形容しがたいものが混じった憂鬱、とでも形容すべきものだった。

それはつまるところ、亜紀の感情と理性の闘争が発露したものに他ならなかった。

そして亜紀はこうした自分の姿を見られるのを嫌って、こうして稜子を送って部室を出て、部室には戻らずに、こんな敷地の外れに、一人で座っていたのだ。

今は部室に戻る気になれなかった。

自分の中に湧き上がる不合理な感情を、理性で希釈している、自分。

見られて考えが読まれる訳では無いし、隠し通す自信も亜紀にはある。だが、それでもそんな内心を抱えたまま空目達と顔を合わせるのはどうしても落ち着かず、そうした不合理な感情を恥としか思えない亜紀としては、それを抱えたまま空目達の前に居る事を避け、たった一人冷たいベンチの上で過ごしているのだった。

「…………」

元々一人で居る事は好きな亜紀ではあったが、今はただ逃げるために、ここに居た。

左手首の包帯の感触が名残として残る、あの錯乱していた時期とは違って、今の亜紀は多少ながら、元の理性を取り戻していた。

だが、だからこそ自分の中に湧き上がる不合理な感覚が、亜紀としては許せなかった。自分が空目達に置き去りにされているような、そんな拭いがたい印象。皆が亜紀を置いて、変わってしまい、亜紀の届かないところへ行ってしまったような感覚を、認めたくはなかったが、亜紀はどこかで皆に対して感じていた。

今の亜紀が持つ、全ての感情はそこから来ていた。

置き去りにされているという事への、焦燥と寂寞(せきばく)。

そしてそんな事を感じている自分への、苛立(いらだ)ちと憂鬱。

自分は自分。そう思い、変わらない事で自分の強さを認識している亜紀だったが、それでも全く他人を見ないで済ます事はできず、亜紀はこうして溜息を吐くばかりの唾棄すべき人間になっていた。

亜紀にとって、文芸部は唯一の自分の居場所だった。

だから、亜紀もこうなっている。それが空目に関わる事なのだから、尚更だ。

空目に関わる人間関係でさえ無ければ、亜紀は今のような状況など、それこそ意にも介す事は無かっただろう。ただ、役に立ちたい。これまで亜紀はそれだけが、自分と空目との、数少ない絆(きずな)であると思っていたのだ。

亜紀は――――

「…………」

ゆっくりと亜紀は、俯かせていた顔を上げた。

亜紀の座るベンチの前に、近付いて来た人影。それに気付いた亜紀はまず頭を埋め尽くしていた物思いを止め、顔を上げて、その相手の姿を見据えた。

近付いて来たのは、一人の少女。

少女は真っ直ぐ亜紀の方へ近付いて来ると、ベンチの対面で立ち止まり、本を持った両手を胸にやって、座っている亜紀を見下ろした。

「……あんたは」

その眼鏡を掛けた野暮ったい印象の少女に、亜紀は覚えがあった。手入れの荒い髪に、洗練とは程遠い重たい服装。そしてオカルト染みたアクセサリが目立つ少女の名を、亜紀は敵愾心(てきがいしん)を露わに口にした。

「湯浅(ゆあさ)みちる——〝高等女祭(ハイ・プリーステス)〟」

「そうよ。〝ガラスのケモノ〟さん」

みちるはそれに答えて、あのどこか非人間的な〝使徒〟特有の笑みを浮かべた。

「何の用？」

亜紀は剣呑(けんのん)な声を出す。だがみちるは意に介さないというよりも、意に介するような情動を初めから持っていないような薄っぺらい表情で、亜紀の問いに返答した。

「儀式と祭礼を統べる〝高等女祭〟が出向いて来たのよ？　用件は決まってるわ」

「…………」

「『夜会』に決まっているでしょう？　私達はそのために在る。とはいっても、もうこの学校そのものが『夜会』の只中(ただなか)にあるようなものだから、別にあなたに特別、何かをしようという訳では無いのだけど」

言って、みちるはくすくすと笑った。その笑いは〝魔女〟のそれにどこか似ていたが、亜紀はどことなく劣化した模造品のような印象を受けた。

「そ」

亜紀は徹底的に、冷たく素っ気なく返事をする。

「私が付き合う義理は無いね。消えて。魔女の劣化版なんか話す価値も無い」

拒絶する。悪し様に。しかしそれを聞いた途端、その言葉の字面の悪意の程度に対するものとしては明らかに過剰な反応で、みちるの笑顔が笑顔のまま冷えた。

「…………凄く痛い所に刺さったわ。とても的確。頭がいいのね。頭のいいケダモノ」

そしてみちるは言う。笑顔で。

ただし、その笑顔は無理に固めて維持されているもののようで、まるで水面に浮いた薄氷のように、表情が顔の上に浮いて、揺れていた。

だが亜紀が何も答えないので、やがてみちるは落ち着きを取り戻す。

ふう、と長く息を吐き、しばし目を閉じて、元のおっとりとした微笑を、しかしいくらかの敵意も混ぜて、その顔に取り戻した。

「認めるわ。まずは一つ、あなたの勝ち」

みちるは言った。

「それから、あなたの言ってた事も認めるわ。私はね、〝魔女〟になりたかったの」

「そ。馬鹿な望みだね。そのうえできそこないとか、救えない」

険があるのを隠しもしない亜紀は、吐き捨てる。できそこなった〝魔女〟の模造品は、それを聞いて俯いたが、そのまま上目遣いに、亜紀を見やった。

「……でも、あなたもでしょう？」

「は？」

唐突なみちるの言葉に、亜紀の表情に浮かんでいた険が、露骨に強くなった。

「なに、馬鹿な事を」

「馬鹿な事かしら？」

みちるはそう言うと、笑みを含んだ声で、睨み付ける亜紀に構わず、むしろ少し楽しそうに言葉を続けた。

「あなたと私は、よく似てると思うけど」

途端、亜紀の感情に、さっと怒りが差した。

だが、すぐにその熱は、亜紀自身の精神性に組み込まれた機序によって抑え込まれる。亜紀は興味無さそうに、素っ気なく否定する。僅かに残った怒りの残滓が、それに少しだけ言葉を付け加える。

「全然。馬鹿じゃないの？」

「いいえ。色々違ったから今はこういう形になってるけど、少し間違えれば、あなたも私と同じようになっていた筈よ」

そんな亜紀の答えを、みちるは笑った。

「……たわ言だね」

「そんな事ないわ。確かにあなたと私は、容姿も、能力も、考え方も、殆どのものが違う。それは確か」

「それは普通、全然違う、って言うね」

「ううん、そこじゃないのよ。本質的なところは、とてもよく似ている筈よ」

「……」

本当に話す価値が無い。馬鹿馬鹿しい。そう亜紀が見切って、もう何も答えずに立ち去ろうとベンチから腰を上げかけた時だ。

みちるはそこで一拍置いて。

そして少しだけ笑みを含ませた声で、亜紀にその言葉を投げかけた。

「だって――あなた、嫌いでしょう？　この、自分に辛く当たる理不尽な世界が」

亜紀は、動きを止めた。

図星だった。何も言えないくらいに。しかし直後、亜紀の中で激しい気性がすぐさま鎌首をもたげて、ゆらりとベンチから立ち上がり、低く静かで攻撃的な、睨め上げるような声で言い返した。

「………仮にそうだとして、それを言う事に、何の意味があるわけ？」

詰問。

「一緒にしないでくれる？　私は仮にそんな事を思ったとしても、そんな拗ねただけの考えを自分で受け入れるほど、馬鹿じゃないつもりだよ」

「……」

眼鏡の奥でみちるの目が笑った。亜紀の眉が吊り上がった。

「あんたは私が、自分が生き辛いのは周りのせいだと思ってると、そう言いたいわけ？」

「……ふふ、どうかしらね？」

「生憎だけど、私はそんな考えが無意味だって事も知ってる。周りが無思慮だから自分が生き辛いなんて、結局それは他人への甘えじゃない。周りを責めてるのに、同じ相手に甘えてるなら世話は無いね。世界なんてものに本気で拗ねるほど、私は馬鹿じゃないし、プライドも安くない。あんたなんかと一緒にして欲しく無い」

亜紀は強い口調で言い募る。頭の中に爆発的な怒りが広がっていた。しかし、それでもまだ残る亜紀の冷静な部分は、理解していた。

これは負けだと。

ここまで腹が立っているのは、図星を突かれたからだと。

最も強くあろうとして、弱い部分を触れられた。指摘して欲しく無い部分を指摘され、詳らかにされた。

「私は……！」

しかしそれでも、いや、だからこそ、認める訳にはいかなかった。

手負いの獣の亜紀は、自らの魂の死を懸けて、嚙み付く以外に生きる術が無かった。

だが、なおも言い募ろうとする亜紀を、みちるはただ一言で捩じ伏せる。

「でも、あなたの感情は違うのよね？」

「…………っ！」

抗弁など無視して、亜紀の弱い部分に、みちるは話題を引き戻す。みちるは眼鏡の向こうから、亜紀の目を覗き込むように、視線を向けて来る。

「感情は自分じゃないとでも言うつもり？　本当に、そう思ってる？」

「…………！」

「あなた理性では、そんなこと考えても無益だと思ってる。それに嘘は無いけれど、でも本当は世界が嫌いでしょう？」

「…………！」

何か反論しようとしたが、咄嗟に言葉が喉から出なかった。

「無意味で、理不尽で、愚かしくて、自分の居場所なんかどこにも無い、こんな世界が嫌いでしょう？」

「く……！」

「この狭量な世界が、嫌いでしょう？」

そしてもう亜紀の抗弁が無いのを見計らって、みちるは言った。

「私は嫌い。嫌いだった」

どこか、遠くを見て。

「私は〝向こう〟が好き。でも私には、才能が無かったのね」

急にトーンを落とした声。穏やかで、平坦で、微かに笑みを含む、どこか愛おしげな、みちるの声。

「私は〝魔女〟になりたかった。〝魔女〟のようになりたかった」

それは、憧憬。

「でも、私は〝魔女〟にはなれなかった。私の〝異界〟への憧れは、歪んでたの。憧れそのものが、ある種の歪みだって、〝魔女〟は言ってたわ。他のものはいくらでも歪んでていいけれど、〝異界〟を歪んで見ていたら駄目なんだって。

私はそこにあるそのままの〝異界〟に、逃げ込みたいとか、それを利用して現実を少しだけ変えたいとか、小さな魔法を使いたいとか、そんな風に思ってたんじゃなかった。私はそのままの〝異界〟には耐えられなかった。だって少しも私の思い通りにならないそれって、ただの現実でしょう？　私は私の思うようにならない、私という存在に誰も注目しない、誰も好きにならない、誰も優しくしてくれないこの現実と他人を、自分の望むようにするための、私の思う通りの〝異界〟が欲しかった。でも、それはもう才能が無いのよ。資格が無いの。我等が本当の〝魔女〟は、〝異界〟を自分の思う通りにできる。でも自分の思う通りの〝異界〟が欲しい我等は、本当の〝魔女〟にはなれないのよ」

寂しげにも聞こえる、みちるの言葉。しかしそれ以上にみちるの言葉は、演説者の、狂信者の熱を帯びていた。

「あなたはきっと、私より才能があると思うわ」

「……！」

「この世界が嫌いな、人間が嫌いなケモノ。でも〝異界〟も嫌いなケモノ」

「下らない事を……！」

みちるの言葉に、亜紀は不愉快さと苛立ちで震えたが、しかしそれに対する反論の糸口が見付からなかった。

自分への深い分析が、みちるの語る、亜紀の中の憎悪が確かに存在する事を告げていた。

そして亜紀の持つ公正さが、それを否定する事を許さなかった。

「ねえ。こんな世界なんか――――壊れてしまえとは思わない？」

みちるは、とても穏やかに言う。

「そんな事……」

「そう、そんな事。そんな願いを持つ事は、無為で、幼稚で、愚かしい。あなたはきっとそう言いたいんでしょうけど、あなたの理性じゃない部分は、一度でもそんな風に思った事は無いの？」

「っ……！」

歯噛（はが）みし、亜紀は呻（うめ）く。

だがそれが正しいと認めながらも、亜紀は決して認める訳にはいかなかった。亜紀の誇りにかけて、この相手には認める訳にはいかなかった。

「少なくとも私は……そんな馬鹿なこと、真剣に考えた事は無い」

絞り出すように、亜紀は言う。

だが、

「それで充分よ」

みちるは一蹴した。

「それが本心でしょう？　あなたは、それを理性なんていう嘘で塗り固めているだけ」

「理性は嘘じゃない」

「そうね。でも、壊れてしまえとは、思わない？」

もう一度、確認するように、みちるは言った。そして本を胸に抱き締めた手を祈るように合わせて、曇った天を仰いで、淡々と、しかし熱っぽく謳った。

「私は思うわ。そして〝魔女〟なら、きっとそれができると思うの」

みちるは亜紀を見た。

「ねえ、あなた本当に一度でも〝魔女〟になりたいと思った事は無い？」

「………………！」

亜紀はその言葉に、内心激しく動揺した。

「あなたが否定する、〝異界〟に触れて、その〝理〟を得たいと思った事は無かった？」

「そんな事……！」

「あなたが自分自身だと思ってるその下らない『理性』が、そのせっかくのチャンスを今まで潰してきたのだと思わない？」

「………………！」

亜紀の険しい表情が、少なからぬ動揺に引き攣った。

「ねえ。本当に、〝魔女〟になりたいと思った事は無いの？」

「わ、私は……」

「私達の〝魔女〟は言ってたわ。『もしも貴女が一度でもそう思った事があるのなら、きっとそのうちに、貴女のところに〝兆〟が来るでしょう』、って」

「そんなの……っ！」

「羨ましいな。私は〝できそこない〟になったのに……」

みちるの声が低くなる。

「私は〝こっち〟の世界にも、〝向こう〟の世界にも、受け入れて貰えなかったのに……」

低く、小さく、みちるの声が消え入りそうに細くなって行く。

「私は……」

そして微動だにしないみちるは、そこで言葉を止めた。

刹那の沈黙があって、再び口を開いた時には、みちるの声は今まで通りの、元の調子を取り戻していた。

「……まあ、もう今は、そんな事はどうでもいいの」

微笑む。

「もう私は、人間じゃないんだから……」

みちるの眼鏡の奥から、どこか焦点の合わない目が、亜紀を見詰める。

「私は、偉大なる〝魔女の弟子〟。世界と、そして自分の何もかもが嫌いで、だから誰よりも自分の形をよく知っていた〝できそこない〟の中の〝できそこない〟。皮肉なものね、私達は心の歪み(ゆがみ)が、自らの形になる。そして、それすらも、自分だけでは足りない。自分の力だけでは自分の形さえ維持できない」

淡々と言うみちる。まるで自分の指の数を数えるような、あまりにも淡々とした、みちるのその口調。

「私は、〝魔女の使徒〟」

みちるは、呟く。

「その〝魔女の使徒〟が、私によく似たあなたに、一つ託宣をあげる」

そしてみちるは、亜紀を指差して言った。

「あなたは自分自身を構成してると思ってるその大きな理性とプライドのせいで、きっと不幸になるわ」

「っ……‼」

既に言葉を失っている亜紀に、みちるは微笑む。

「自分でも、もう気付いてるんじゃない？」

「うるさい……っ‼」

その言葉が、亜紀に突き刺さる。

「それが、〝ガラスのケモノ〟に定められた『径（みち）』よ」

みちるはそう言うと、くすくすと喉を鳴らして、ほの暗く笑った。

「じゃあね、〝ガラスのケモノ〟さん」

「…………………………っ‼」

そしてみちるは亜紀から視線を外すと、暗鬱な笑いだけを残して、その場を去った。

亜紀は去って行くみちるを、まるで火でも噴きそうなほどの視線で睨み付けていた。

睨み付けながら、しかし隠し切れない動揺を、その表情に浮かべて。

亜紀は怒りや屈辱などの幾つも混じった感情に、荒れ狂うそれらに、決して認められないそれらに、ただただその身を震わせていた。

…………………………

4

口の中に広がる血の味。

喉に生々しく残る、どろりと嚥下した液体の感触。

「…………………………っ！」

武巳は壁に手を突きながら、もう片手で口を押さえて、真っ青な顔をして、校庭の洗い場へと辿り着いた。

顔には血で擦った汚れ。

袖には血を拭った染み。

今にも身を折って、嘔吐でも始めそうな様子。

壁に縋りながら、洗い場に並ぶ蛇口の一つに辿り着いた武巳は、それにしがみ付くようにして、ずるずると流し場にへたり込んだ。

「う……ぐ……」

武巳は、このまま蛇口を捻れば水に濡れるであろう体勢で。

風の吹く寒空の下、それでも構わず、蛇口を回そうとハンドルを掴む。

しかし身体から芯を抜かれたように力が入らない手では、固まった蛇口は回らない。震える手で、爪を立てるようにして足掻くが、そのうち胃袋を絞り上げるような強烈な吐き気に襲われて、武巳は蛇口からずり落ち、流し場に手を突いた。

「……うあ……う……げほっ……！」

せり上がる嘔吐感。締め上げられる内腑。

涙で目の前の流し場の光景が歪み、開いた口の端から涎が糸を引いたが、それでも吐き出されるのはただひたすら嘔吐感ばかりで、胃の中身は堰き止められたように、胃の中で重く動かなかった。

息ができないほどの嘔吐感に、体力と精神力を根こそぎ奪われる。湧き出す大量の唾が口の中に残る血の味を攪拌し、涙を流しているのが嘔吐感のせいか、それとも自分が泣いているせいなのかも、もう判断できなくなっていた。

「うぅ……………」

武巳は涙を流しながら崩れ落ち、流し場に頭を付けた。

毛糸の帽子越しに、冷え切ったコンクリートの硬さと冷気が、頭に伝わる。

武巳はもう、言葉が出ない。胃の腑の不快感だけが、体内の全て。不安と恐怖だけが、脳内の全て。

「……………う………う……」

冷たく乾いた流し場に転がって、武巳はただ呻く。

武巳はここまで、保健室からやって来た。

あの〝魔女〟に捕らわれた保健室から。

やっとの思いでやって来た。だが武巳は、何からも逃れられていない。


「………………………!」


あの時、保健室の中の様子を調べるだけの筈だった武巳は、窓を覗こうとして〝魔女〟に発見され、そのまま〝使徒〟達の手によって捕まえられて、窓から保健室の中へと引き摺り込まれた。

唇に〝魔女〟の血を塗り付けられ、今までその血を貪っていた三人の〝魔女の使徒〟に押さえ付けられた武巳は、両腕と頭を押さえられて、まるで王の前に引き出された罪人のような姿勢で、ベッドの脇に跪かされた。

「…………！」

頭を掴まれ、無理矢理に〝魔女〟を見上げさせられる。

最早抵抗もできないほどに押さえ付けられて、武巳はベッドに腰掛ける〝魔女〟と対面させられる。

複数の〝使徒〟に押さえられていたが、すでに武巳の体は恐怖に竦んで動かず、抵抗する気も初めから失せていた。そんな武巳を見下ろして、〝魔女〟は微笑む。それは先程、武巳が窓の外から見ていた〝魔女〟と〝使徒〟達による光景の、人物と状況を入れ替えたパロディーめいた焼き直しだった。

詠子は笑った。

「ふふ、こうして貴方一人と話すのは、もしかしてこれが初めてかな？」

「………………っ！」

押さえ付けられ、詠子に見詰められて、そんな詠子の言葉がどうであったかなど、思い返す余裕など武巳には無かった。

ただ、これほど明確に身の危険を感じる対面をした事は無い。それだけは断言できた。

詠子はただ微笑（わら）っていた。ベッドの縁にだらりと下げた右手から、ぽつ、ぽつ、と流れる血で、ほんの僅かずつ床に赤い染みを作りながら。

詠子は左手の人差し指を口元に当てて、武巳を眺める。

何度か顔を傾けるようにして、詠子は武巳を品定めするように、矯めつ眇めつして、武巳を見やる。

「んー……」

そんな、武巳にとってひどく長く感じる、不気味な時間の後。

観察を終えた詠子は、少し首を傾げて、武巳に言った。

「……んー、貴方、少し心のカタチ、変わった？」

「………!?」

その言葉に、何かを見透かされたのではと、武巳は動揺した。今の武巳には秘密が多過ぎるのだ。武巳の行動。人間関係の変化。特に小崎摩津方との繋がりは、詠子には知られたくないものだった。

引き攣った表情で、武巳は呻くように言った。

「な、何の話……」

「だから魂のカタチだよ？　あんなに普通だったのに、今は少し、おかしな歪みを抱えちゃったかな？」

「！」

息を呑む武巳。

「でも、無理も無いかな。あれだけ私達の世界に触れちゃったんだものね」

言って、詠子は武巳の目を覗き込む。詠子に何を読み取られようとしているのか、詠子が何の事を言っているのか、理解しようと考えるが、詠子という人格の発する言動は武巳などに判断できるものでは無かった。

「人ってね、自分と他者との関係で、自分を歪めるの」

詠子は言う。

「その歪みが〝魂のカタチ〟。人は他者に何を求めるかで、自分の形を変えて行く」

「か、形……？」

「他者に人を求めるなら、自分も人であればいい、みたいな感じかな？　そうでない人も居るけれど。基本的には、他者への思いが、自分を歪めるの。

他者に何を求めるかで、自分の心のカタチが決まる。他者との関係性が、人間のカタチを決めるの。でも、あくまでそれを維持するのは自分自身。だから——自分と向き合わない人の〝魂のカタチ〟は、とても不安定で移ろいやすい」

武巳の視界の下の端で、白い床に、ひた、ひた、と血溜まりが拡がっていた。詠子の指先から血の滴が落ちるたび、血溜まりは不定形に揺らいで、その形を、輪郭を、ゆっくりと変形させていた。

「………」

「そんな人は、とても多い。でもね」

そこで詠子は、少しだけ身を乗り出した。

「でも、それじゃ、駄目なの。そんな人が〝向こう〟に行くと〝変質〟してしまう」

「変質……？」

「そう、〝向こう〟には人なんか居なくて、〝異界〟があるだけだもの。自分の心とちゃんと向かい合った事の無い人は、自分の心の形をちゃんと知らない。だから自分と〝異界〟との関係性なんていう、考えた事も無いものから自分の形を知ろうとして、そしてそんなものは存在しないから、自分の形を見失ってしまう」

詠子は言う。

「心が変われば、〝向こう〟では形も自分じゃなくなる」

「…………！」

「自分を見失えば、〝向こう〟では溶けてしまう」

武巳はもう、殆ど内容が理解できない。

摩津方との会話とよく似ている。武巳にあるのは理解では無く、ただ言葉の不吉さと、禍々しさへの怯えばかりだ。だが、そこで詠子が発した言葉は、摩津方のものとは、まるで趣が違うものだった。

「……でも、不思議だな。世界はこんなに、簡単なのに」

詠子は言うのだ。

「〝向こう〟も〝こちら〟も全然同じものなのにね。双子みたいにくっついた同じものなんだから、普通に同じに接すればいいのに」

心の底から不思議そうに、詠子はそう言うのだ。

それは摩津方の言葉の端々から感じ取れる、〝異界〟に対する崇敬と畏怖、そしてそれらを支配している事への鉄の自負とは真逆のものだった。詠子の言葉にあるのは、ただ不思議そうな疑問。完全に〝異界〟と〝現界〟とを同じものと見ている、あまりにも自然な混同と、親しみだった。

「ただ普通に接するだけでいい」

詠子は微笑む。

「それだけでいい。でも現実には、そうじゃない。そうじゃないから、お互いにお互いの接し方を誰も知らない」

どこか寂しそうで、しかし同時に楽しげでもある、その微笑み。

「そのせいで、お互い不幸になってる。それがいま私達の居る、この世界のカタチ」

その純粋な、微笑みに、

武巳は何故だか、他の感情では無く、ただ純粋に恐怖を感じた。

「…………！」

「それって、とても寂しい事」

穏やかで、優しい、恐怖。

「それって、とても不自然な事だと思うの」

その穏やかさと優しさの中で、詠子は言うのだ。

「だから、私がやる事はね――」

ひどく優しく無邪気な、微笑みで。

「世界を、変えるの。私の見る世界に、そのままになるように」

言った。

優しく無邪気な、怖気を誘う微笑みで、言ったのだった。

「…………………!」

その言葉と同時に、この保健室の空気の温度が、一気に下がった。

武巳の全身の産毛(うぶげ)が逆立ち、心と皮膚を這う悪寒に、体が震えた。

あまりにも〝異質〟なものを、詠子の微笑は含んでいた。その〝異質〟な笑みを浮かべる礎となる精神が、呼び水のように〝異質〟を呼び込んで、この部屋の空気を、いや世界そのものを、異様なものへと変質させた。

あの〝異界〟の片鱗が、空気に混じる。

冷気が肌に触れ、呼吸が冷気と恐怖に震える。

詠子が呼び込んだ、そして同時にその本領を現した、詠子自身の持つ悪夢的な〝気配〟が吹き付けるように全身の肌に触れる。詠子という存在の、その向こうに感じる、明らかに異質な存在。だがその〝世界〟に曝されながら、武巳はそれでも必死になって、震える声を、言葉を〝魔女〟へと向けた。

「……そ、それが——〝山ノ神〟？」

武巳は言った。

武巳も必死だった。回らない頭を、萎える意思を総動員して、少しでも詠子から何かを引き出そうとして、答え合わせをしようとして、必死で紡いだ言葉が〝それ〟だった。

いま詠子の向こうに感じた恐るべき〝世界〟。それを武巳がいま知る情報から、辛うじて知らされた情報の断片から、ほぼ無意識に、最も付合するものとして武巳が選んだのがその単語だった。空目も、摩津方も、真実に近い者は誰もが断片しか語らない情報。気になるばかりで実態の分からない、頭にこびりついている、そんな幾つもの断片の中から、いま目の前に垣間見えた巨大な存在を、武巳は〝それ〟だと認識した。

だが、

「……やまのかみ？」

それを聞いた詠子は、小首を傾げた。

「え？」

何の事を言われているのか解らない様子の詠子に、武巳も半ば無意識で発した自分の言葉に疑問を覚えて、言葉を詰まらせた。自分が何を言ったのか、頭の中で言語化できるまでに間があった。それは理事長が、摩津方が、空目が言っていた言葉。そしてまた、言っていた。詠子はこの羽間の山に存在している〝山ノ神〟をもって、何かしようとしているのだと。

だが、武巳の口にしたその名に、詠子は首を傾げた。

武巳はその反応に、不安になる。

「え……？　ち、違うのか？」

頭が真っ白になる。

だが詠子は少し考えると、急に得心した顔になって、にっこりと笑顔になった。

「ああ、もしかして――――〝窓から見えるお友達〟の事？」

「!?」

そして、笑って口にした詠子の言葉に、武巳はさらに混乱する事になった。

「え……」

「ふうん。〝影〟の人達は、そう呼んでるんだ？　あの子はいつも、高い高い窓の中から私達を見てる。私もずっと、それを見てたよ」

「え……？　窓……？」

意味が解らない。完全に狂人との会話だった。

「そう、窓。高い高い、この山の上の、もっと高い所にある窓」

詠子は言った。

「あの子はそこから、お外を見下ろしてる。とても大きい子だから、広いお空のお家にしか住めないけど、あの子はずっと〝こっち〟に来たがってる。だから私はドアを開けてあげようと思ってるの」

「え……」

「いつも歩いてる道に大きなお家があって、二階の窓からいつも私達を見下ろしてる子が居るとするでしょう？　それが〝こっち〟と〝向こう〟の関係。みんな上を見ないから、その子に気付かず無視をする。けれど、見付けた私が、お友達になりたいと思うのも、自然な事だと思わない？」

詠子は天井を見上げる。天を仰ぐように。何かを見上げるように。

「みんな窓を見上げる事もしないし、その子を知ってる人は、みんなドアに鍵をかけて、玩具を与えて閉じ込めてる」

詠子は言う。

「その子も鍵に阻まれて、玩具に誤魔化されて、〝こっち〟に出て来られない。ただちょっとだけ、人の事が好きで、それから小さな世界なら呑み込んでしまうくらい、大きいってだけなのにね」

「…………!?」

流石に何を言っているのか、武巳も理解した。理解できた。これはあの理事長の行っていたという、〝山ノ神〟を慰撫して封じる、〝生贄の儀式〟の事だ。

「最初はね、その子とお友達になりたいな、って思った。それが切っ掛け」

詠子は笑う。

「全ては、そこから始まったの。その子はとても大きくて、お家から出て来たら、きっと世界を食べる。それに気付いた時、私の〝サバト〟は始まった」

笑う。とても無邪気に。

そして謳う。

「世界は、物語」

詠う。

「物語は、人の心」

「…………！」

「これほど大きな物語はきっと、世界を変えてくれるよね」

言って、詠子は武巳の顔を覗き込んだ。

「実はその〝サバト〟に、貴方のお仕事もあるんだなぁ……」

「…………！」

そして武巳の目を覗き込んで、詠子は本当に楽しそうに笑顔を浮かべた。

その笑顔に射すくめられて、武巳はただ震えながら、詠子の顔を見上げるばかりだ。一体何を、と頭では思ったが、既に顎も喉も硬直し、声は出なかった。そんな武巳に、詠子は左手を差し伸べて頬に触れる。そしてもう既に出血の止まりかけている右手を、武巳の目の高さまで上げた。

「ただの人である君のお仕事は、とても簡単」

詠子は笑った。

「でもその前に、君にお守りをあげる」

そして右手で握り拳を作り、力を込めた。

掌の傷が開いたようで、握った指の隙間から血が滲み出して、ぽたぽたと落ちる。詠子は手を開くと、手を濡らしている血を弄ぶようにして指に絡ませて、人差し指の先に一粒、大きな血の玉を作った。

「さあ、私が〝ただの人〟である君に付けた、〝追憶者〟という名前の仕事をしよう？」

詠子が笑顔で言うと、武巳の頭を押さえていた〝使徒〟が、さらに強い力で顔の両側を押さえ、大きく上を向かせたまま固定した。押さえられた顔が激しく痛み、硬直した顎の筋肉のせいで口が僅かに開き、突然のその状態に激しい危機感を覚えたが、閉じようとした口に指を噛まされ、無理矢理にこじ開けられた。

「君は、ここで本当に〝追憶者〟になるの」

詠子は言うと、血の玉が浮いた人差し指を、武巳の顔に向けて差し出した。

そうして近付いて来る指先に、これから何をされるのか、武巳はようやくはっきりと理解して、心の中で悲鳴を上げた。

「…………………‼」

「今、ここに『夜会』の開催を宣言する！」

ずっと無言で詠子の脇に控えていた〝高等祭司〟赤城屋が、右手をオペラ歌手のように捧げ上げ、高らかに宣言した。

呻き、もがくが、押さえられた身体は動かない。そして〝魔女〟の指がとうとう至近に達して、武巳の僅かに開いた口の中に、大粒の血の玉が一つ、二つ、と落とし込まれて——舌の上に、ぽつり、ぽつり、と落ちた途端、口の中に生臭い錆の味が広がって、反射的に湧き出した唾に希釈されて、喉の奥へと流れ込んで——

…………………!

……………………………!

……………

「…………」

武巳は、〝魔女〟の血を飲んだ。

吐き出す事も許されず、ひたすら喉の奥に溜まって行く血液を飲み下した後、武巳はようやく〝魔女〟達によって、保健室から解放された。

口の中の血の味と、喉の嚥下の感触、そして胃の中の〝異物〟を感じて、武巳は強烈な吐き気に襲われた。そして水道のある場所、人目に付かない場所を探して、壁に縋りながら彷徨い歩き、武巳はこの洗い場に辿り着いた。

武巳は洗い場のコンクリートに頭を押し付けたまま、何故だか決して吐く事のできない、感覚ばかりの吐き気に襲われながら、地面に転がっていた。

涙を流し、息も絶え絶えになりながら、武巳は寒空の下に転がっていた。

「……う…………うう…………」

この先どうなるのだろうと、武巳は喉を絞め上げる吐き気と、どす暗い不安に泣いた。

冷たい風が吹き、木々が鳴る音と昼休みの学校の音が運ばれて渦巻く中————孤独な武巳は誰にも顧みられる事なく、ただ洗い場の下に、身を横たえていた。

間章（一）　黒衣の物語

気が付いた時、ユリはベッドに横たえられ、寮の部屋の天井を見上げていた。

「…………ん……？」

「あ、ユリちゃん。目、覚めた？」

稜子の声が聞こえて、最初は定かでは無かった記憶を、漠然とユリは思い出す。

まず最初に思い出されるのは、着信音による、あの耳の奥に残るような不協和音。軽い頭痛と共に、ユリはぼんやりと認識した。ああ、と。あの異常現象と、あの恐ろしい不協和音の中で、自分は恐怖とパニックの余り、気を失ってしまったのだ。

「……ユリ！」

トモが叫んで、今にも泣きそうな顔でベッドを覗き込んだ。

それを見て、悪いけど思ってしまった。何て顔をしてるんだろう、と。

大丈夫だと言ってあげたかったが、そんな気力が、ユリには残っていなかった。代わりにトモの目を見て、頷いて見せる。「うん」と声を出したつもりだったが、喉からは「んっ」という掠れた呻きが出て、途端に喉の奥が切れたように痛んで、その後は炎症でも起こしているかのような重い痛みが喉全体に広がった。

「……ん……」

それを切っ掛けに、鈍っていた意識と身体の感覚が、徐々に戻って来た。

少し顔を動かして、トモや稜子の居る方へと向け、目をやった。そうして感じたのは、耳や頬骨の辺りを広い範囲で異物感が覆っているのと、その下の皮膚にひりつくような痛みがこびり付いている事だった。顔の両側にガーゼが貼られていた。怪我(けが)をしている。手を伸ばし、それに触れた。

耳と、耳の中と、その周りの皮膚と、頬の一部。

痛む。耳を必死で塞いでいた記憶がうっすらある。だがこんな怪我になっていたという自覚は全く無かった。

ぼんやりしていると、ベッドの脇にしゃがみ込んだトモから、嗚咽(おえつ)が聞こえ始めた。

「うっ…………うう……」

「…………」

何でこんな事になったのだろう。ユリはトモの嗚咽を聞きながら、じわじわと後悔を始めていた。

トモを泣かせるような事になってしまったという後悔が、ユリの中に湧いていた。ユリの目尻から涙がつうと流れ、耳の辺りを覆ったガーゼに吸われる。だが後悔の感情は強く湧くものの、何を後悔すべきなのか、それは判らなかった。

何が悪くてこのような事になったのか、ユリには皆目見当が付かなかった。

自分が怪談が好きな事？

それをトモに話して、遊んだ事？

そんなものが、直接関係あるとは思えない。

だが、ただひとえに自分が悪いのだと、それでもユリは確信として、頭のどこかでそう感じていた。

「……ユリちゃん、大丈夫？　落ち着いた？」

稜子が覗き込み、声をかけた。

「………………」

「大丈夫そうなら、わたし、そろそろ行くね。四限が始まっちゃう。行かなかったら、心配しちゃう人が居るから」

答えないユリに、稜子は少し困った表情をして、そう告げた。

「トモちゃんも、もう行こう？」

嗚咽するトモにも、声をかける。

「そうやってても、ユリちゃんが困るよ……」

言って、稜子はトモを促す。こんな状況でも落ち着いている。稜子がこれほどしっかりした子だとは、ユリは今まで思っていなかった。

だがそんな友人の意外な一面の発見にも、今のユリは驚きも喜びもする余裕は無かった。

トモを宥めて立たせる稜子の声を聞きながら、ユリは対象の無い、感情ばかりの後悔の念に苛まれていた。

「……じゃあ、また後で来るね。必要な物があったら連絡して？」

稜子がそう言って、ぐずぐずと泣くトモを連れて、部屋を出て行く気配。だがそれを認識しつつも、ユリの頭にあったのは、トモの嗚咽する声と、そして『どうしてこんな事になったのだろう』という、その思いばかりだった。

「………………」

何でこんな事になったのだろう。

ユリはこれまでの事を、ぼんやりと思い返す。

あの怪談にあった〝番号の無い着信〟を受けて、ユリは教室で気を失った。

そして保健室で目を覚ました後、ユリは――――まだ誰にも話していなかったが、更なる恐ろしい出来事に遭っていたのだった。

「――気が付いた？」

保健室のベッドの上でユリが目を覚まし、自分に起こった事を改めて認識して、戦慄に震えたその時。ユリがまず聞いたのは、ベッドのある区画を仕切る、白いカーテンの向こうから声を掛けて来た、養護教諭の言葉だった。

「何があったのかな？」

「……」

その時ユリは、〝怪談〟の当事者になったという信じ難い出来事に衝撃を受けて、とても答えなど返せない状態だった。そんなユリに対して掛けられた、事情を聞こうとする養護教諭の問い掛け。だが何故だかその声には、こんな異常事態にはあるまじき、必要以上の笑みが含まれているように聞こえた。

「どうしたの？」

答えないユリ。そんなユリに、養護教諭の影絵は、重ねて問い掛けた。

「怖い事でもあった？」

「……」

答えないユリ。養護教諭は猫撫で声のような優しい声で、もう一、二度ほど質問を繰り返したが、少しして軽い溜息を吐いて、諦めたように言った。

「……まあ、きっと大丈夫よ。そんなに大したものじゃないから」

一瞬、その言葉に、ユリは自分に何があったのか、養護教諭が把握しているのではないかと考えた。自分でも理解できていない事情を、もし知っているなら教えて欲しいと思って、ユリは身を起こしかけたが、すぐにそうでは無いと思い直した。

間違い無く、面倒になっただけだ。

面倒になって、とにかく穏便に話を打ち切るために、適当な事を言っているだけだ。適当に応対して追い出すつもりなのだろう。もしユリが、本当に何があったか説明しても、まともに取り合わないに違い無い。そんな印象を受けた。

何しろ――――ずっとカーテンの向こうで、一度も顔も見せていないのだ。見えているのはカーテンに映る影だけ。忙しいのかも知れないが、だとしてもそんなのを相手にするのも、ずっと見ているのも不愉快なので、ユリはごろりとカーテンに背を向けて、影を視界から追い出した。


「!!」

だが次の瞬間、ユリは、がばっ、と起き上がって、カーテンを見る。

首が無い。カーテンの影から視界を外そうとしたその一瞬、養護教諭の影に首が無いように見えて、ユリはぎょっとしてカーテンに視線を向け直したのだ。

「…………」

首はある。見間違いだ。

溜息を吐いた。鳥肌と、そして少し速くなった心臓の鼓動の残滓を感じながら、ユリが枕に頭を戻すと、すぐに養護教諭の声が掛かった。

「谷田さん。もう動けるくらい元気が戻ったなら、寮の部屋に帰ったら？」

カーテンの向こうで立ち働く、影絵の養護教諭は言う。

「一応、この後の授業については言っておくから、もう部屋で休んだら？　ここに居てもいいけど、いつかは帰らなきゃいけない訳だから、今のうちに帰っておくのも手だと思うよ。自分の部屋の方がゆっくり休めるでしょ」

「…………はあ、そうですね」

ユリは少し思うところもあったが、掠れた声で、その提案を素直に受け入れた。

こんなぞんざいに扱われる保健室に居ても、碌な事は無いだろう。自室の方がゆっくりできるという提案への納得や、公然と授業がサボれるのを喜ぶ気持ちも少しはあったが、とにかく養護教諭の物言いへの反感と、それに授業を受ける気にならないほど本当に疲れている事が理由の大半だった。

ユリはシーツを取り除けて、のろのろとベッドから起き上がる。

するとそれを待ち受けていたかのように、養護教諭が音を立ててカーテンを引き開けた。

もちろん、首はある。思わず顔を注視していたユリに、養護教諭が不思議そうに訊ねた。

「どうしたの？」

「いえ……」

ベッドから立ち上がり、離れるユリ。

「あ、荷物はここだから」

養護教諭の指差した荷物置きの籠に、ユリのバッグが置いてあった。

さっさとベッドの上を片付け始める教諭を尻目に、ユリはバッグを肩に掛け、疲労で重い体を引き摺って保健室を出る。

「お大事に」

「はい……」

ドアを閉める。そして授業中の静かな廊下を歩いて、保健室から立ち去る。

不満。不安。疑問。疲労。色々と思うところがあったが、とにかく今は、一旦どこかで落ち着きたかった。寮に帰るつもりだったが、一旦その前に購買で食べ物などを調達しようと考えて、裏庭の渡り廊下へと出た。

授業時間中。

渡り廊下は、恐ろしく静かだった。

自分の足音が、大きく聞こえる静けさ。

だが無人では無く、大勢の生徒が渡り廊下から見える全ての窓の中で、まじめに授業を受けている、緊張感を含んだ静けさ。

――そんな中で、突然携帯が鳴り出して、ユリはその音に飛び上がった。

「ひっ！」

静寂の中に、突如として響き渡ったユリの携帯の着信メロディー。携帯の音などあってはならない授業時間の静けさの中で、その音は異常に大きく鳴り響いて聞こえ、ユリはその不意打ちに心臓を鷲掴(わしづか)みにされた。

「………………！」

裏庭に面した教室の、いくつも並んだ窓に、思わず目をやる。その中で行われているであろう授業の気配が、ユリを焦らせた。ユリは慌てて、自分の携帯の在(あ)り処(か)を探し、すぐにバッグのポケットの中に見付けた。

そして携帯を急いで取り出したユリは、反射的に『通話』ボタンを押した。

着信メロディーは途切れた。静寂が裏庭に戻った。そしてそこで、ユリは。自分が何をして、しまったかに初めて気が付いて──携帯の画面を見詰めて、その場に戦慄と共に凍り付いた。

「…………!!」


手の中に、呼び出し音の消えた携帯があった。

確認もせず通話ボタンを押したユリの携帯は、今まさに、回線が開かれていた。

画面は何の名前も表示せず、ただ通話時間を刻み始めていた。スピーカーのスリットは、空気を通して音にならない微かな音を伝え、この〝向こう〟がどこかに繋がっている事を、静かにユリへと教えていた。

そう。


画面は、何の名前も表示していない。


ぶわ、と冷たい汗が吹き出した。

鳥肌が、顔から指の先へ、産毛が逆立つ感覚と共に一斉に肌に拡がる。

見詰める。耳に当てておらず、ハンズフリーにもしていない携帯からは、何も意味のある声は聞き取れない。通話時間の表示だけが、無為に数を増やしている。

ただ。

ただ——何も、全く、聞こえない訳では無かった。

見詰める。スピーカーの細く小さなスリットからは、意識に触れる程度の、音にもならないほどの本当に微かな小さな〝音〟が、漏れ出していた。

授業中の、裏庭の、静寂だからこそ聴こえる、微かな〝音〟。

殆ど〝違和感〟とも言っていい、音として認識できないほどの、本当に小さな〝音〟が、小さなスリットから、確かに漏れて聴覚に触れていた。

つまり、

確実に何か、〝向こう〟で音がしている。

電話が〝どこか〟と繋がっている。誰かと繋がっている。何かと繋がっている。確実に。

ユリは、保健室に運び込まれた、気を失った切っ掛けを、その肝心な最後の部分を憶えていない。そこの記憶がごっそりと欠落していた。〝番号の無い電話〟を取った後、それから何が聞こえるのか、ユリは全く知らなかった。

だから、気になった。

怖いからこそ気になった。一体、何が聞こえているのか。

心臓が早鐘のように鳴る。良くないと思いつつ、思わず耳を澄ませていた。

携帯のスピーカーから微かに漏れる、その小さな音を聞き取ろうと、ユリはほぼ無意識のうちに、耳を澄ませていた。

「…………」

微かな、ノイズのような音が聞こえた気がした。

声では無い。音楽のような意味のある音でも無い。少なくとも何かの声では無い事に、少しだけ心が落ち着いた。

すぐさま怖い何かでは無い。悪意のある何かには聞こえない。

平坦な音。誰かの意識のようなものは感じられない、無機質な音。とても小さいので、詳細は聞き取れない。

少しだけ携帯を顔に近付けた。

少しだけ聞こえる音がはっきりした。

やはりノイズだ。砂が流れるようなノイズ。

徐々に携帯を耳に近付ける。恐る恐る、安全を確認しながら。

そして、何も起こらないまま、試みは続いて——————やがて、ひた、と携帯を、耳に当てた。

しゃ——————————っ、

ノイズが聞こえた。

耳に当てた電話の〝向こう〟からは、ただ沈黙と、微かなノイズが漏れ出していた。

ただ、耳に当ててはっきりした。これは想像していたような、機械が発する平坦なノイズでは無かった。

こうして聞くノイズには、奇妙な奥行きがあった。耳元でスピーカーが雑音を立てているのでは無く、それは明らかに電話の〝向こう〟に何かの空間があって、そこからノイズが漏れ出している。そんな感覚があった。

ただ、それだけなので——————思わず、〝向こう〟に声を掛けた。

「も——————もしもし？」

だが電話からは返事が無く、ただノイズばかりが漏れ出して、こちらが発する声はノイズの海に吸い込まれているかのようだった。

電話一つを挟んで、ノイズに満たされた、何か異様に広大な空間と接したかのような感覚が耳を介してあった。耳へと当てた小さな機械の向こうに、何か無機質で静謐で巨大な空間があるような、そんな錯覚があった。

亡びた世界があるような、感覚だった。

しゃ――――――っ、

ノイズはラジオをチューニングしているように、時折不規則に波打った。

ノイズは耳一杯に広がり、聞いていると、そこから聴覚と意識を、携帯の向こうへと吸い込んで行った。耳に当てたスピーカーの向こうに、流砂に流されるように知覚が吸い込まれ、どこか彼方へと流されて行った。

流れる灰色の音が、現実から意識を、携帯の〝向こう〟に吸い込んで行く。

学校の渡り廊下に居た筈の意識と知覚が携帯に吸い込まれて、広大なノイズに満ちた、無の空間の中に放り出された。

頭の中、知覚の中、一杯に、灰色のノイズが流れ込んだ。

周囲の全てから切り離されて、放り出されて、ノイズの中にぽつんと立つ、たった一人の自分が居る。

「…………」

だが、そのノイズの海の奥に、ふと、微かに〝音〟を聞いた。

周囲の温度が不意に下がった。気付くと全身の産毛が、総毛立っていた。

冷たい世界のノイズが、耳の向こうで流れていて。その奥から、その彼方から、微かな音がやって来た。

それは、ぽつんと。遠く、小さく。

しかし確かに存在して、だんだんとこちらに近付いて来た。

それは、〝気配〟に似ている。無機質なノイズの中に形作られる、何か意思ある存在の、微かな〝気配〟だった。

不協和音。

「!!」

ノイズの中に。

耳の〝向こう〟に広がっている灰色の世界の中に、〝それ〟はノイズに溶けること無く、異物として形を成していた。

音でしかない〝それ〟は、目に見える訳では無い。しかしどういう訳かはっきりと、ノイズの中に〝形〟として知覚された。それは立っていた。ただ耳に聞こえるばかりの筈の、音と気配と違和感が。体を、手足を、指先を、そしてじっとこちらを見る頭を——不協和音を材料にして、ノイズの中に形作った。

人間の、形だった。

それは人間の形をした、不協和音だった。

顔も無い、ただ人間の形をした〝モノ〟が、ノイズの向こうに立っていた。

電話を耳に当てた自分を、〝それ〟は、耳に流れ込んでいるノイズの〝向こう〟から、すぐ傍に立って、じっと見詰めていた。

息遣いを感じるほど、確かな〝気配〟。

それが携帯の〝向こう〟に、立っている。

薄い携帯一枚を挟んで、ノイズの彼方からやって来た〝それ〟が、明らかに〝こちら〟を認識して立っている。肌に触れそうなほどはっきりとした〝気配〟が、携帯の向こうに広がるノイズの中の、自分のすぐ隣に立って、こちらを覗き込んでいる。

「…………………」

それは、時折ノイズに溶け、輪郭を歪ませながら。

ただじっと、こちらを見ていた。

はーっ、はーっ……

緊張に、身体が、肺が、凍った。

瞬きも忘れた。ぴったりと隣に〝何か〟に張り付かれて、身体が動かなかった。

ようやく——取り返しの付かない事になったと気付いた。

駆け上がる悪寒。固まって震える体。足も手も指先も動かず、この場所から逃げ出す事はおろか、耳から携帯を引き離す事さえもできなかった。

――――誰か！

叫ぶ。

心の中で。

――――誰か、助けて！

もちろん誰も応えない。誰もこちらを見ていない。聞こえるのは灰色のノイズばかりで、見ているのは灰色のノイズの中でじっと立っている、その人の形をした、不協和音の〝気配〟ばかりだ。

しゃ――――――――っ、

じっ、と。〝それ〟は、こちらを見詰めている。

そしてそんな凍ったような、恐ろしく長い永い張り詰めた時間の果てに――――〝それ〟は何の前触れも無く。突然、携帯の〝向こう〟のノイズから〝こちら〟へやって来ようと、〝向こう〟と〝こちら〟とを隔てる距離とも壁とも判らない断絶に一つだけ開いた穴である携帯に向かって、飛び掛かるようにして手を伸ばして来たのだ。

がりがりがりがりがりがりがりがりがりがりがりがりがりがりがりがりがりがり、がり!!

「嫌ああああああああああああっ!!」

瞬間、ユリは悲鳴を上げて、携帯を耳から引き離した。

その途端、すぐ隣に存在していた灰色のノイズの世界は引き剝がされて、その〝向こう〟に存在していた〝気配〟も、同時にユリの傍から引き離された。

ユリはそのまま携帯を握り締めると、怯えた凄まじい形相で、視界に入った裏庭の池へ全力で駆け寄った。そしてその忌まわしい携帯を池の中に叩き付けるように投げ込むと、振り返りもせずにそこから駆け出して、寮へと逃げ帰ったのだった。

「…………」

そしてユリは、現在に至る。

あれから寮に帰った後も、ユリだけしか居ない寮では共用電話が鳴り続け、稜子達が来るまでの間、延々とユリを脅かし続けていた。

そして稜子達が来た後は、あの有様。

稜子達の携帯を含めた、三重の不協和音。明らかに〝こちら〟と繋がろうと、そして〝こちら〟にやって来ようと、ユリが再び電話を取るよう扉を叩く、この世ならぬ場所からの着信による、忌まわしい狂気の三重奏。

何が起こったのか、何が起こっているのか、正しく理解する術は無かった。

何が悪かったのだろう。稜子とトモの去った部屋で、この先どうなるのだろうと、ユリは天井を見上げてぼんやりと考えた。

一体、何が悪かったのだろう。

一体、どうなってしまうのだろう。

一体、これからどうすべきなのだろう。

ユリがそうやって、酷い後悔と自責に熱くなった目を閉じて、小さく鼻をすすり上げたその時、急に部屋のドアがノックされた。

「……‼」

誰だろう。稜子かトモが戻って来たのだろうか。

ぼんやりと考えていると、またノックされた。仕方なくユリは身を起こし、のろのろとドアまで歩いて行き、鍵を開けた。

「……誰？」

そしてドアを開けた瞬間、ユリは全く想定していなかったものを見た。

黒い、、、、三人組の男。

黒いスーツと帽子とサングラス。制服のように全く同じ服を着た、明らかに女子寮に居るべきでは無い威圧的な三人の成人男性の姿に、驚いたユリが立ち竦むと、先頭の男が黒い革靴の足をドアに挟み込むように突っ込んで、閉まらないようにした。

「……………!?」

「〝番号の無い電話〟を受けたそうですが、間違いありませんか？」

先頭の男が訊ねた。

あまりにも内容とそぐわない、その事務的な問いに、ユリは呆然と、男を見詰めた。

そんなユリを、ロボットのように表情を動かさない三人の男達が、黙って見下ろす。

そしてその時から――

谷田由梨の姿を、見た者は居ない。

＜初出＞

本書は 2005 年 3 月、電撃文庫より刊行された『Missing12　神降ろしの物語』を加筆・修正したものです。

メディアワークス文庫

Missing12 神降ろしの物語〈上〉

甲田学人

2022年10月25日　初版発行

発行者　青柳昌行
発行　株式会社KADOKAWA
〒102-8177　東京都千代田区富士見2-13-3
0570-002-301（ナビダイヤル）
装丁者　渡辺宏一（有限会社ニイナナニイゴオ）
印刷　株式会社暁印刷
製本　株式会社暁印刷

ISBN978-4-04-914698-1 C0193

メディアワークス文庫　https://mwbunko.com/

本書に対するご意見、ご感想をお寄せください。

あて先
〒102-8177　東京都千代田区富士見2-13-3
メディアワークス文庫編集部
「甲田学人先生」係